D1519942

UNIVERSALE
ECONOMICA
FELTRINELLI

Pino Cacucci (1955) ha pubblicato *Outland rock* (Transeuropa, 1988, premio MystFest; Feltrinelli, 2007), *Puerto Escondido* (Interno Giallo, 1990, poi Mondadori e infine Feltrinelli, 2015) da cui Gabriele Salvatores ha tratto il film omonimo, la biografia di Tina Modotti *Tina* (Interno Giallo, 1991; Feltrinelli, 2005), *San Isidro Futból* (Granata Press, 1991; Feltrinelli, 1996) da cui Alessandro Cappelletti ha tratto il film *Viva San Isidro!* con Diego Abatantuono, *La polvere del Messico* (Mondadori, 1992; Feltrinelli, 1996, 2004), *Punti di fuga* (Mondadori, 1992; Feltrinelli, 2000), *Forfora* (Granata Press, 1993), poi ampliato in *Forfora e altre sventure* (Feltrinelli, 1997), *In ogni caso nessun rimorso* (Longanesi, 1994; Feltrinelli, 2001), *La giustizia siamo noi* (con Otto Gabos; Rizzoli, 2010). Con Feltrinelli ha pubblicato inoltre: *Camminando. Incontri di un viandante* (1996, premio Terra – Città di Palermo), *Demasiado corazón* (1999, premio Giorgio Scerbanenco del Noir in Festival di Courmayeur), *Ribelli!* (2001, premio speciale della giuria Fiesole Narrativa), *Gracias México* (2001), *Mastruzzi indaga* (2002), *Oltretorrente* (2003, finalista premio letterario nazionale Paolo Volponi), *Nahui* (2005), *Un po' per amore, un po' per rabbia* (2008, uscito nell'Universale Economica in due volumi dal titolo *Vagabondaggi*, 2012, e *La memoria non m'inganna*, 2013), *Le balene lo sanno. Viaggio nella California messicana* (2009, premio Emilio Salgari 2010), *¡Viva la vida!* (2010; Audiolibri "Emons-Feltrinelli", 2011), *Nessuno può portarti un fiore* (2012, premio Chiara), *Mahahual* (2014), *Quelli del San Patricio* (2015) e, nella collana digitale Zoom, *Tijuanaland* (2012), *Colluttorius* (2012) e *Campeche* (2013). Per Feltrinelli ha curato anche *Latinoamericana* di Ernesto Che Guevara e Alberto Granado (1993) e *Io, Marcos. Il nuovo Zapata racconta* (1995). Ha tradotto in Italia numerosi autori spagnoli e latinoamericani, tra cui Claudia Piñeiro, Enrique Vila-Matas, Ricardo Piglia, David Trueba, Gabriel Trujillo Muñoz, Manuel Rivas, Carmen Boullosa, Maruja Torres, Carlos Franz, Manuel Vicent.

PINO CACUCCI
Ribelli!

Stampa Nuovo Istituto Italiano d'Arti Grafiche - BG

ISBN 978-88-07-88030-8

www.feltrinellieditore.it
Libri in uscita, interviste, reading,
commenti e percorsi di lettura.
Aggiornamenti quotidiani

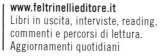

razzismobruttastoria.net

L'utopia è come l'orizzonte: cammino due passi, e si allontana di due passi. Cammino dieci passi, e si allontana di dieci passi. L'orizzonte è irraggiungibile. E allora, a cosa serve l'utopia? A questo: serve per continuare a camminare.

EDUARDO GALEANO

L'uomo senza l'utopia sarebbe un mostruoso animale fatto di istinto e raziocinio... una specie di cinghiale laureato in matematica pura.

FABRIZIO DE ANDRÉ

Meglio una fine spaventosa che uno spavento senza fine.

(Scritta sui muri del '77)

I ribelli che ho sempre amato sono inguaribili utopisti, animati da un'utopia con la minuscola: non quella dei grandi ideali con cui cambiare il mondo e affermare la società perfetta – rischiando così di contribuire al peggiore degli incubi, cioè un sistema *orwellianamente* totalitario –, ma l'utopia dell'istintivo, insopprimibile bisogno di ribellarsi. E anche quando la sconfitta appare ormai ineluttabile, quando la realtà vorrebbe imporre loro l'accettazione di un compromesso per "salvare il salvabile", continuano a battersi per quella che Victor Serge definiva "l'evasione impossibile". Essere consci che in questo mondo non c'è possibilità di evadere non è bastato a convincerli ad arrendersi.

I ribelli di cui ho voluto ricostruire la vicenda umana, prima ancora che "politica", e soprattutto le imprese ignorate o mistificate dalla Storia – la maiuscola sottintende che sono sempre i vincitori a scriverla –, hanno in comune anche l'essere stati considerati eretici da quanti si ritenevano "veri rivoluzionari", o comunque depositari della "linea giusta", quella che avrebbe condotto alla presa del potere, con l'inevitabile deriva fratricida. Ma allora, perché ribellarsi, e magari partecipare a un'insurrezione "popolare", se si è coscienti che – come amava ripetere l'irriducibile utopista Germán List Arzubide – "la cosa peggiore che possa accadere a un rivoluzionario è vincere una rivoluzione"? Inutile cercare una risposta razionale, quando a rispondere possono essere soltanto il cuore e le viscere. Forse perché senza l'utopia – per dirla con Fabrizio De André – saremmo orrendi "cinghiali laureati in matematica", o perché vale la pena continuare a camminare verso l'orizzonte pur sapendo che è "irraggiungibile", come ci ricorda Eduardo Galeano, e questo non giustifica chi rimane seduto a osservare cinicamente il mondo, magari accontentandosi di credere che sia "il migliore dei mondi possibili". I *miei* ribelli, quelli che ho sempre amato, non si sono rassegnati e non si sono arresi.

Se i fili che li uniscono – malgrado le immense differenze di luoghi ed epoche, e non solo – possono essere quelli fin qui citati, cioè la ribellione utopica, l'eresia, l'essere perdenti ma non vinti, o l'insopprimibile bisogno di "andare contro", la decisione di ricostruirne brevemente vita e imprese è sempre legata a qualche motivo particolare – o a un piccolo, intimo ricordo – che ha suscitato in me la curiosità, la voglia di saperne di più; in certi casi anche, e soprattutto, l'indignazione verso le menzogne tramandate o lo stupore per il silenzio e l'oblio in cui sono precipitate le loro inestimabili esistenze. Sì, lo so che non c'è da stupirsi se tanti ribelli, milioni di uomini e donne nel cammino dell'umanità, sono stati dimenticati in fretta o, peggio, trasformati in monumenti ipocriti o icone commerciali, ma credo che anche la capacità di stupirsi, insieme all'utopia, sia un buon rimedio per non diventare cinghiali dotti (e a questo punto mi scuso con i poveri cinghiali, bestie rispettabili quanto i gorilla, per esempio, che a suo tempo divennero sinonimo di militari guatemaltechi...). Forse è il caso di tentare di spiegare concretamente perché *questi* e non tanti altri.

In vita mia sarò andato al cinema con mio padre non più di tre volte, e l'unica che ricordo nitidamente fu quando mi portò a vedere *Corbari*: grazie a un dizionario dei film so che venne diretto da Valentino Orsini e uscì nel 1970, ma da allora non sono più riuscito a rivederlo. Due particolari non ho mai dimenticato: l'irruente interpretazione di Giuliano Gemma nel ruolo del partigiano Silvio Corbari, e l'altrettanto irruente partecipazione di mio padre, che approvava ad alta voce il protagonista nelle scene in cui sparava a nazisti e fascisti... Poi, quando finalmente mi sono messo a cercare materiali per conoscere meglio la sua storia, ho scoperto dettagli che me lo hanno subito fatto amare, come l'ostinata ribellione ai funzionari di partito che tentarono di imbrigliarlo, di "normalizzarlo"; e ripensavo alle parole di Gor'kij, che definì il commissario politico come una summa di pope e poliziotto, che non si accontenta di indottrinare e reprimere ma "vuole sempre cacciarti le sue sporche zampe nell'anima".

Valentino Orsini è morto mentre scrivo queste righe: come non dedicargli almeno il capitolo su Silvio, Iris e Adriano, ricordando il regista di *Un uomo da bruciare*, con Gian Maria Volonté (un altro di cui sento forte la mancanza), *I dannati della terra*, *Uomini e no*... E mi resta il rimpianto di non aver fatto in tempo a mandargli una copia di questo libro.

Francisco Sabaté, il leggendario e umanissimo Quico, appartiene a quel gruppo di personaggi di cui coltivo appassionatamente la memoria fin dall'adolescenza, quando cominciavo a interessarmi all'anarchismo. Sabaté, i libri e le riviste che narravano di lui, mi hanno seguito nella quindicina di traslochi degli ultimi trent'anni, un po' come Jules Bonnot, diversissimo da Quico per certi versi ma simile per altri: entrambi rapinavano le banche senza tenere un centesimo per sé, entrambi costretti a trasformare la sensibilità in violenza... E se Bonnot divenne un nemico anche per buona parte del movimento rivoluzionario – perché con le sue azioni bruciò la terra sotto i piedi a tutti –, Sabaté, pur continuando a godere di grande rispetto per la sua generosità e l'ineccepibile correttezza, ebbe molti dispiaceri da quegli anarchici che lo vedevano come una inesauribile fonte di guai...

La vicenda di Quico è anche un'occasione per tornare a discutere della guerra civile di Spagna, dove gli "eretici" presero pallottole sia in petto che nella schiena (grazie, carissimo Ken Loach, ineguagliabile Ken Loach, che con *Terra e libertà* hai ridato voce internazionale ai ribelli schiacciati tra due immani dispensatori di falsità storiche: i franchisti e gli stalinisti). A questo proposito, la storia di Eulalio Ferrer, narrata nel terzo capitolo, mi è servita ad approfondire l'ipocrisia di quella parte d'Europa che a parole condannava il franchismo e nei fatti perseguitava chi lo aveva combattuto. E a ricordare come il Messico fu l'unico paese a preferire la scomoda dignità all'infamia della ragion di stato. Eulalio Ferrer – l'unico ribelle, tra questi presenti nel libro, vivo e vegeto nel momento in cui scrivo – non ha da raccontare imprese memorabili o romanzesche, ma non ha mai smesso di lottare per la memoria contro l'oblio.

Neanche dell'esile e delicata Irma Bandiera, detta Mimma, ci sono avventurose gesta da ricostruire. La sua esistenza si dipanò nei relativi agi di una famiglia della piccola borghesia, in una Bologna abitata da una soverchiante maggioranza silenziosa di fascisti – ma dove sono finiti tutti, l'indomani del 25 aprile 1945? –, finché un giorno scelse anche lei la dignità e rifiutò l'infamia... La ammazzarono quasi subito, e nel più atroce dei modi che esseri disumani possano mettere in pratica. Due cose hanno mantenuto viva in me la sua memoria: la piccola lapide nella strada che oggi porta il suo nome (il caso vuole che di recente sia andato ad abitare a pochi passi da lì) dove, a distanza di mezzo secolo e più, qualcuno mette sempre dei fiori, e una foto di Mimma regalatami dall'amico fotografo Gilberto, che alle immagini della lotta partigiana dedica tante energie da tanti anni. La foto di una ragazza di buona famiglia, estraniante per l'assoluta normalità che trasmette il ritratto, con cagnolino e giardino sullo sfondo, di una giovane donna che avrebbe potuto godersi la tranquillità di un'esistenza immersa nel silenzio della maggioranza.

Su Tamara, invece, su "Tania la Guerrigliera", c'era tanto da scrivere e tanto già è stato scritto in libri e innumerevoli articoli. Ma molto di questo materiale esiste perché si è tentato di infangarne la memoria e di stravolgerne la breve quanto intensa esistenza. Ricordo il giorno in cui uccisero il Che Guevara, quando non avevo ancora compiuto dodici anni; tornai a casa da scuola e trovai mia madre e mio padre con gli occhi lucidi. Prima che aprissero bocca, pensai ai nonni, a qualche zio tra i più cari. Ma poi, in effetti, capii che era morta una delle persone più amate nella mia famiglia. E oggi qualcuno può anche riderne, o chiedersi stupito di chi diamine stia parlando se dico che, prima ancora, ci fu una gran tristezza a casa mia anche il giorno in cui si diffuse la notizia dell'assassinio di Patrice Lumumba... Cose strane che succedevano nella preistoria, quando c'erano genitori ancora bisognosi di amare i propri eroi e trepidare per loro, anziché compiangere povere principesse scalognate... Comunque, la tragedia era già nell'aria – parlo sempre di casa mia – perché circa un mese prima il gruppo di Tania era caduto in un'imboscata e ormai circolava la voce che per i ribelli in Bolivia si stava mettendo sempre peggio.

Negli anni successivi, i mezzi di "informazione" tentarono di stendere sulla figura di Tania un velo di sporcizia, sottile e perverso: agente doppio, infiltrata che potrebbe aver fatto catturare il Che, con insistenti illazioni sulla sua "promiscuità" – termine che avrei ritrovato spesso leggendo articoli dell'epoca sulla condotta "immorale" di Tina Modotti – che in pratica miravano a dipingerla come "la puttana del reggimento", il trastullo sessuale del Che e degli altri guerriglieri dopo essersi concessa a generali e ambasciatori... Ho tentato di riassumere la complessa storia di Tamara Bunke, complessa per l'intensità con cui visse i suoi trent'anni neppure compiuti, complessa per le menzogne che scrissero su di lei e sul Che nel periodo in cui scomparve dalla circolazione: oggi sappiamo dove si trovasse e cosa stesse facendo, ma allora... Faccio alcuni esempi, che qui, adesso, alla luce degli eventi largamente conosciuti, possono anche far sorridere: eppure a quell'epoca vennero presi sul serio, e spesso gli articoli più deliranti portavano firme prestigiose e autorevoli.

Mentre il Che era impegnato nel vano tentativo di aiutare il Congo a trasformare la lotta anticolonialista in rivoluzione, ci fu un crescendo parossistico di presunti scoop, come l'annuncio che fosse stato ucciso da Fidel Castro durante una furibonda discussione, sfociata in una sorta di duello nel quale il *líder máximo* si era rivelato veloce quanto Pat Garrett con Billy the Kid... E l'agenzia France Press contribuì a consolidare tale versione. Successivamente smentita dalle rivelazioni di altre fonti non meno autorevoli: il Che ha subìto un tracollo psichico, Fidel lo ha fatto rinchiudere in un manicomio dove il povero comandante trascorre giorni e notti a scrivere come un ossesso, grafomane in delirio... Nel giugno del 1965 la Cia diffuse la notizia – ripresa dalla stampa mondiale – che l'ospedale psichiatrico era il Calixto García dell'Avana, dove Guevara veniva curato per gravi disturbi mentali (che comprendevano, tra l'altro, frequenti apparizioni del fantasma di Camilo Cienfuegos): esisteva a tale proposito un dossier stilato da un segretario dell'ambasciata sovietica a Cuba, di cui si conosceva soltanto l'iniziale del cognome, "R."... Ci fu chi si spinse ben oltre, affermando che "l'ex comandante" era entrato da tempo in un vortice di vizi e dissolutezze: si recava sempre più spesso a Las Vegas per giocare d'azzardo e ubriacarsi fino all'alba, e lì sarebbe stato ucciso in squallide circostanze e sepolto nel cortile di una fabbrica. Le voci sulla sua morte violenta divennero sempre più insistenti: quelle meno mirate a sgretolare in un sol colpo vita vissuta e memoria futura, lo volevano caduto in combattimento durante l'invasione statunitense della Repubblica Dominicana, dove il Che sarebbe sbarcato nottetempo da un minisommergibile... tutto sommato una fine coerente, per il *guerrillero heroico*. Ma i notiziari delle radio controllate dai servizi segreti di Washington e destinati ai paesi asiatici sostenevano che fosse stato assassinato da Castro per le sue tendenze filocinesi, mentre quelli diffusi nell'Europa dell'Est lo volevano ucciso perché filosovietico. Si inventarono persino che il padre, Ernesto Guevara Lynch, andava in giro per l'Argentina con un cartello dove campeggiava la scritta: "Fidel Castro, restituiscimi il cadavere di mio figlio"... Il noto cronista di "Paris Match", Jean Larteguy – nonché autore di romanzi bestseller a riprova che la fiction è sempre stata il suo forte –, avvalorò la teoria dell'eliminazione ordinata da Fidel per profondi contrasti politici. Il 28 giugno 1965 l'ancor più accreditato "Newsweek" pubblicava due ipotesi "altamente probabili": il Che si era suicidato a causa della sua emarginazione negli ambiti del potere cubano, o forse era ancora vivo dopo aver venduto importanti documenti agli Stati Uniti dietro un compenso di dieci milioni di dollari.

I vertici della Cia, che avevano avviato quest'opera di demolizione per screditarlo ovunque si trovasse e qualunque cosa facesse, a un certo punto si convinsero che Ernesto Guevara era stato davvero ucciso all'Avana per ordine di Fidel Castro. Tutto ciò sarebbe naufragato nel ridicolo quando il Che rientrò dall'Africa e ricomparve in pubblico. Ma nessun giornalista autorevole ha perso il posto per i deliranti articoli pubblicati. Come non lo hanno perso i lautamente stipendiati professionisti dell'informazione che, durante il lungo periodo di silenzio da parte degli zapatisti del Chiapas, hanno prima diffuso la notizia che Marcos era morto in uno scontro con l'esercito guatemalteco, poi, prendendo alla lettera una sua battuta sui mondiali di calcio in Francia, sono stati sul punto di credere che fosse espatriato a Parigi, e infine, stavolta insistendo per giorni, hanno pubblicato articoli e mandato in onda servizi dove si dava per "molto probabile" un violento diverbio con il comandante Tacho, nel corso del quale Marcos lo aveva assassinato a revolverate... La storia si ripete, con ineffabile sfacciataggine.

Ricordare cosa è stato detto per screditare Tania, e conoscerne le vere vicende, credo sia utile a mantenere sempre una sana diffidenza nei confronti di certe rivelazioni su persone invise al sistema di potere dominante.

La figura di Jacinto Canek, l'indio maya che si ribellò alla schiavitù e capeggiò una delle innumerevoli rivolte contro il colonialismo, l'ho incontrata tanti anni fa nei miei vagabondaggi per il Messico. E già conservavo alcune notizie su di lui quando, nel 1994, gli indios maya zapatisti sono insorti contro le nuove forme di colonialismo, più subdole e striscianti, ma non per questo meno letali. E così, appena ne ho avuta l'occasione, sono andato in cerca di ulteriori informazioni per poterne raccontare la storia, a riprova che quelle genti lottano da secoli e l'insurrezione dei nostri giorni è soltanto l'ultima in ordine di tempo. Mi auguro ardentemente che sia l'ultima in assoluto, cioè che non abbiano più bisogno di farsi sparare addosso per denunciare al mondo le loro sofferenze, da troppo tempo passate sotto silenzio, nella totale indifferenza dei privilegiati.

Il simpatico volto sorridente di Camilo Cienfuegos continua a ricordarmi un manifesto molto diffuso nel '77, nella miriade di immagini che conservo nitide nella mia testa: raffigurava l'arresto di un anarcosindacalista dall'aspetto ottocentesco, che rideva allegramente in faccia ai gendarmi mentre questi, torvi e probabilmente infelici, lo conducevano via. La scritta diceva: "Sarà una risata che vi seppellirà". Be', nessuna risata avrebbe seppellito i corrotti e gli arroganti, ma valeva la pena ribellarsi, allora come sempre. "Non perdere la tenerezza", e meglio ancora l'allegria del vivere, sembrava naturale e scontato, per uno come Camilo "Centofuochi". Certo, anche lui ha sparato e ucciso, ma sono certo che non ci ha mai provato gusto e soddisfazione. Camilo, con la sua prorompente risata che mi sembra di sentir echeggiare quando lo vedo in una foto o su qualche muro di Cuba, sarebbe oggi in sintonia con le parole del mio amico Lucho Sepúlveda, che le armi decise di imbracciarle in Cile, e prima ancora in Bolivia e poi in Nicaragua: "Chiunque abbia impugnato le armi e combattuto per la rivoluzione che non siamo riusciti a realizzare, perché di fatto abbiamo soltanto graffiato la scorza dell'utopia, guarda al proprio passato con la triste conferma di aver compiuto un dovere etico. Non c'è orgoglio in tutto questo. Non può essercene perché abbiamo perduto tanti fratelli e sorelle che ora vorremmo avere qui con noi, adesso che non abbiamo anni in più ma anni in meno".

Quanto ci è mancata, negli anni successivi, la contagiosa risata di Camilo... Anni in cui tanti ribelli hanno assunto la serietà dei "veri rivoluzionari", e a volte hanno finito per mostrare facce torve e infelici quanto quelle dei gendarmi...

Sempre a proposito di gendarmi, anche di Alexandre-Marius Jacob conservo da tanto tempo una foto che lo ritrae stretto fra due arcigni tutori dell'ordine, mentre lo conducono al processo che si sarebbe concluso con una lunga condanna ai lavori forzati nella famigerata Guyana. Volevo ricordare la sua storia perché ho sempre trovato ingiusto che il mondo lo abbia dimenticato quando fu lui a ispirare il famoso personaggio di Arsenio Lupin. Il vero ladro gentiluomo si chiamava Alexandre-Marius Jacob, anarchico e autore delle più clamorose beffe ai danni dell'alta borghesia francese.

Di Sacco e Vanzetti molto è stato scritto in passato, e al solo nominarli risento la voce di Joan Baez che canta l'estrema, intollerabile ingiustizia di cui furono vittime. Credo valga la pena ripercorrere, come ho tentato di fare, il lungo iter del processo che li condannò innanzitutto perché immigrati italiani, in un'epoca che vedeva scatenarsi negli Stati Uniti una feroce campagna contro i "macaroni", accusati di essere fonte di sovversione e disordine. I popoli che dimenticano il proprio passato sono condannati a riviverne gli errori e gli orrori: oggi la situazione si è capovolta, e molti italiani si comportano allo stesso modo con gli immigrati venuti a cercare un'esistenza decente, come fecero tanti anni fa milioni dei nostri connazionali. A quanto pare, arricchirsi acceca e cancella la memoria...

Anche Argo Secondari fu, da ragazzo, uno tra gli innumerevoli italiani che salivano a bordo dei bastimenti diretti al di là dell'oceano, in cerca del "pane e le rose", ma soprattutto di quella dignità che l'Italia non poteva e non voleva concedere loro. Argo l'Ardito sarebbe il perfetto interprete di un film straordinario, se il cinema italiano odierno non fosse il deserto delle passioni che è diventato. Argo rappresenta anche l'occasione preziosa per tentare di raccontare una storia che nei libri non c'è: quella dei tanti giovani "proletari" che vennero scaraventati in trincea e, sopravvissuti alla bassa macelleria della Prima guerra mondiale, si ritrovarono soli e trattati come reietti, come residuati bellici inservibili. Ricostruendo l'avvincente e breve esistenza di Argo, ho avuto modo di approfondire quanto sia stato sottile il confine, allora, tra fascismo e antifascismo, mentre successivamente il primo si sarebbe inghiottito un'enorme mole di storia che non gli è mai appartenuta – a cominciare dalla fugace epopea degli Arditi – e confermare anche certi dettagli della simbologia squadrista: persino in questo – emblemi, vestiario, motti – non ebbero la dignità di forgiarne di propri, ma li usurparono agli avversari. È triste pensare che Mussolini venne battezzato Benito perché i genitori, malgrado all'epoca non fosse facile sapere cosa succedeva in mondi così distanti come le Americhe, avevano seguito con fervore le vicende della lotta per l'indipendenza messicana che videro l'ascesa a capo di un governo democratico del primo – e a tutt'oggi ultimo – presidente indio: Benito Juárez.

Ancora il Messico, dunque. E anche se Pancho Villa, nel suo paese, è il simbolo stesso della *mexicanidad* popolare, credo che pochi, qui da noi, conoscano la sua storia, nonostante negli anni passati fosse diventato una sorta di icona irrinunciabile per diversi film dell'allora florido filone western. Ultimamente è tornato in auge Zapata, e ciò mi rallegra enormemente; questo ha però messo un po' in ombra l'altro grande ribelle della storia, non solo messicana ma delle rivolte in assoluto, e aspettavo soltanto l'occasione per ricordarlo. In particolare, mi ha sempre attirato l'amicizia nata tra lui e John Reed, "Jack il Rosso", prima che questi si legasse indissolubilmente alla rivoluzione bolscevica; lo spunto per narrare quel breve sodalizio, tra cannonate e cariche di cavalleria, me lo porto dentro da quando vidi quei pochi fotogrammi di *Reds*, il film diretto e interpretato da Warren Beatty sulla vita di Reed, che solo un ammalato cronico di messicanite come me poteva notare: per qualche istante compare un fotomontaggio con Beatty nei panni di Reed e il vero Pancho Villa che posano insieme, a ricordo della loro amicizia. Chissà se è mai esistita davvero una foto di Jack e Pancho.

Da ragazzo ascoltavo spesso Gato Barbieri. Poi il destino mi ha portato a conoscere e frequentare, in Messico, un ottimo percussionista che lavorò in alcuni dei suoi dischi, ma questa è un'altra storia... Gato Barbieri, in un brano, ripeteva il nome di Tupac Amaru fino a trasformarlo in una sorta di mantra. E negli anni settanta quelli come me sono cresciuti con il termine "tupamaros" costantemente presente. Tanto tempo dopo, l'occupazione dell'ambasciata giapponese a Lima e il successivo massacro dei ribelli che non hanno opposto alcuna resistenza, avrebbero riportato alla memoria ovunque il nome di Tupac Amaru. Ma chi fosse, quando è vissuto, quale sia stata la sua storia, temo che pochi lo sappiano. Ecco perché ho provato a ricostruirla, nonostante i secoli trascorsi, per sottolineare che ben poco è migliorato da allora, in America latina. Ho voluto ricordare Tupac Amaru e la sua ribellione all'ingiustizia anche in memoria di quelle ragazze e quei ragazzi che sono stati massacrati nell'ambasciata, dopo aver messo in atto un'azione "politicamente sbagliata" e umanamente disperata, mostrandoci però con il loro sacrificio il vero volto del governo peruviano: eppure nessuno li ha ricordati, quando il corrotto Fujimori è caduto dal piedistallo (per poi riparare all'estero a godersi il frutto dei suoi crimini).

Infine, Jim Morrison. Cosa c'entra con i ribelli fin qui citati?

A parte la mia passione di lunga data per il musicista e poeta, sono convinto che in certi casi l'autodistruzione sia un'estrema forma di ribellione. Provo a spiegarmi meglio.

Jim l'ho scritto nel '91 per Granata Press di Luigi Bernardi, quando ero niente meno che direttore del mensile "Nova Express", io, così irrimediabilmente estraneo al concetto del "dirigere" perché altrettanto incapace di obbedire. Di quel periodo conservo comunque tanti ricordi di entusiasmi e allegre corse incontro ai mulini a vento – nascosti sotto le inquietanti forme della distribuzione in edicola, la tipografia da raggiungere affannosamente all'ultimo momento, i collaboratori in perenne ritardo, e di conseguenza la periodicità mai rispettata... –, ma almeno due immagini sovrastano tutte le altre: l'indimenticabile Magnus nel suo laboratorio da alchimista della china con cui dava vita a personaggi straordinari, depositario di mille storie che soltanto in minima parte ha avuto il tempo di narrare; e William Burroughs che posava con una copia di "Nova Express" tra le mani, non tanto perché fosse innanzitutto il creatore del titolo, ma perché qualcosa di interessante assicurò di avercelo trovato, in quelle pagine... Ma anche questa è un'altra storia, come diceva l'oste di *Irma la dolce*.

Jim è una sorta di dialogo con un fantasma, un monologo rivolto a chi non può rispondere, ricordando le molte cose che gli stavano a cuore e le moltissime che gli facevano schifo. Non so se Jim Morrison possa essere considerato un utopista. Probabilmente non intendeva – almeno consciamente – lottare per "un mondo migliore" o per "una società più giusta". Eppure, leggendo le sue poesie – perché era un poeta, prima che un musicista – è impossibile non sentire il bisogno di ribellione utopica che gli artigliava il cuore e gli ardeva nelle viscere. Sicuramente era un ribelle: contro i moralismi delle maggioranze silenziose, contro l'ordine costituito, contro la normalità asfissiante della famiglia in cui era cresciuto e dell'ipocrisia "americana" che gli concedeva di arricchirsi smisuratamente a patto di contenere certi atteggiamenti trasgressivi nei limiti stabiliti... E Jim, a un certo punto, anzi molto, troppo presto, si è reso conto che nella sua situazione l'unico modo di ribellarsi a un sistema che rischiava di fagocitarlo, digerirlo e defecarlo sotto forma di merce, come è accaduto a tante altre rockstar, era autodistruggersi. Lo fece con rabbia, con passione, con finta gioia, persino con metodo, andando incontro alla fine spaventosa che lo avrebbe salvato dallo spavento senza fine.

This is the end, beautiful friend, this is the end, my only friend, the end...
Credo che meriti di chiudere questa raccolta di vite intense, di morti annunciate, di memorabili Don Chisciotte che hanno tentato di piantare un paletto nel cuore di ghiaccio del Grande Vampiro, "il più gelido dei gelidi mostri" capace di assumere di volta in volta sembianze appa-

rentemente diverse: dittature, nazionalismi, eserciti e mili-
zie, colonialismi, società dei consumi e sedicenti governi
democratici, masse di genti amorfe o perniciosamente ac-
clamanti, regole del mercato senza legge e ricette di ban-
chieri senza volto...

Nella realtà è sempre Golia a vincere. Ma non per questo Davide smetterà di guardarsi intorno, cercando una
nuova pietra da scagliare.

Pino Cacucci
gennaio 2001

1.

Silvio, Iris e Adriano

È il 23 maggio 1944, le quattro del pomeriggio. Sulle colline romagnole, ai piedi dell'Appennino tosco-emiliano, la guerra potrebbe essere dimenticata soltanto per un attimo, se la vista si lasciasse invadere dal verde cupo degli alberi e da quello tenue dei campi di grano, punteggiati di papaveri rosso sangue. Il silenzio è eccessivo: i cannoni sono ancora lontani, nessun aereo da ricognizione ronza annunciando l'arrivo di bombardieri in quota, e la natura sembra zittita dall'attesa di un evento cruciale. È la presenza di alcuni uomini in uniforme a imporre questa quiete insana. Non ostentano armi, avanzano impettiti e a testa alta, non temono agguati. Nel podere del conte Zanetti Protonotari Campi, località Castellina, a pochi chilometri da Dovadola e a un tiro di moschetto da Predappio, il console della milizia Gustavo Marabini, comandante in capo della Guardia Nazionale Repubblicana di Forlì, scende dalla Lancia Augusta insieme al conte, al suo fattore, e al maggiore dell'Aeronautica Tullio Mussolini, nipote del duce. I quattro si guardano intorno, tesi e guardinghi, anche se sul volto del console Marabini si legge una profonda soddisfazione, che prevale sulla necessità di mantenere un comportamento marziale e gelido. Poi il console si abbandona a un sorriso di trionfo, quando scorge le tre figure che scendono lentamente dalla collina. Ce l'ho fatta, pensa. Si sta davvero arrendendo. Sì, è proprio Silvio Corbari, quel giovane che adesso avanza solcando l'erba alta a falcate decise, tenendo il mitra in basso, inerte, come un'appendice divenuta inutile e scomoda.

Giunto di fronte al console, Corbari constata che l'altro è disarmato, allora posa la sua arma a terra e dice:

"Bene, mi piacciono gli uomini coraggiosi".

Cento metri più indietro, Iris Versari si è fermata in mezzo al campo, distanziata dal terzo partigiano, Otello: entrambi scrutano la campagna intorno, sapendo che sulla strada nazionale sostano due autocarri carichi di soldati. Del resto, i partigiani di Corbari occupano le colline intorno, disposti a semicerchio, pronti a intervenire se i fascisti dovessero violare gli accordi.

Il console Marabini chiede a Corbari dove abbia lasciato i suoi uomini. L'altro indica con un gesto vago le alture, rispondendo che sono pronti ad aprire il fuoco al minimo accenno di aggressione.

"Anch'io ho quindicimila uomini pronti a rastrellare la zona," ribatte il console. "Ma non ce ne sarà bisogno. Ha la mia parola, come già gliel'ho data a suo tempo, che gli accordi verranno rispettati. Anzi, la condurrò anche dal generale tedesco che comanda la piazza di Forlì, mi ha espresso il vivo interesse a conoscerla... E poi il Duce adesso si trova a Rocca delle Camminate: posso accompagnarla personalmente da lui, e le confermerà ogni dettaglio del nostro patto."

Il patto prevedeva addirittura la nomina di Corbari a comandante di una legione delle Brigate Nere, mentre Iris avrebbe assunto un incarico di rilievo nella Croce Rossa Italiana. Il console Marabini e Corbari iniziano una lunga chiacchierata, più che una discussione, sui vari punti dell'accordo, in un tono cordiale, a tratti persino esageratamente amichevole, con il primo che non perde occasione di tributare all'altro elogi e rispetto per le imprese compiute, ricevendo in cambio assicurazioni sul futuro cammino da compiere insieme per "il bene dell'Italia". Il console ha ripreso il controllo, sorride spesso ma non cede all'impeto di gioia che sente dentro: stenta ancora a crederci... Corbari, la primula rossa della Resistenza, l'inafferrabile "bandito", la leggenda vivente per innumerevoli abitanti della regione, la bestia nera del comando tedesco, l'incubo del regime fascista... Ed eccolo qui, un po' spavaldo come sempre, ma fermamente intenzionato a farla finita con la guerriglia sulle montagne, finalmente convinto a battersi dalla parte giusta. Del resto, pensa il console, era prevedibile: i combattenti fanatici sono banderuole, in cambio dell'azione e del potere sul campo sono disposti a sputare su qualsiasi ideale, perché non ne hanno in realtà mai avuti, di ideali, e il bisogno di sfiorare costantemente "la bella morte" e sfidarla oltre ogni limite, rimane l'unica forza dirompente e incontrollabile che li anima...

I due vagliano attentamente ogni singolo punto del patto. Sarebbe stata messa in giro la voce che Corbari e Iris erano caduti in combattimento sul monte Trebbo, colti di sorpresa da una pattuglia della Guardia. Otello, dopo essersi ferito di striscio per rendere credibile la versione, sarebbe tornato dalla banda riferendo la tragica notizia, e avrebbe invitato i suoi membri a sciogliersi. Il console era infatti convinto che, senza un capo carismatico come Corbari, il gruppo avrebbe perso coesione e motivazioni. Infine, il 25 maggio, lui e Iris sarebbero stati portati a Villa Raggi per ritirare i nuovi documenti rilasciati dalla Guardia Nazionale Repubblicana, e subito dopo inviati alle rispettive destinazioni: il primo a Nettuno, per combattere contro gli inglesi, e lei nell'ufficio della Croce Rossa Italiana di Roma.

Verso le sette e mezzo di sera la conversazione ha termine. I due uomini si separano. Corbari va a parlare con Iris e Otello, Marabini a rassicurare i militari sul successo ottenuto. Poco più tardi, il capo partigiano torna in compagnia di Iris e Otello e comunica di accettare subito le condizioni: si consegnano senza aspettare l'indomani, come inizialmente proposto da lui stesso. Il console gli stringe la mano, e invita i tre a salire sulla sua auto per rientrare subito a Forlì, lasciando di conseguenza gli intermediari a piedi, che proseguiranno a bordo degli altri mezzi. Sono circa le otto quando la Lancia Augusta oltrepassa gli autocarri in sosta sulla strada, suscitando gli sguardi stupefatti e trionfanti di ufficiali e soldati. Molti di loro avevano scommesso sull'impossibilità di un simile epilogo... Evidentemente, gli uomini d'azione finiscono sempre per intendersi, a dispetto degli odi e degli ideali, sentimenti poco profondi in chi subisce il fascino della "bella morte". Il console si volta indietro e Corbari gli sorride, con un'espressione di malcelata complicità. Ebbene sì, conferma a se stesso Marabini, ricambiando il sorriso: oggi ho ottenuto una doppia vittoria... dissolvere la più pericolosa banda che infesta la Romagna, e arruolare un valoroso combattente.

L'autista accelera, dirigendosi verso Forlì. Gli autocarri sono più lenti, e ben presto vengono distanziati. Superata Dovadola, Corbari gli dice di svoltare per Predappio.

"Stia tranquillo, non c'è alcun pericolo in questa zona," lo rassicura il console. "Comunque, va bene così: vorrà dire che incontreremo prima il Duce, e poi il generale..."

A sei chilometri da Predappio, l'autista comincia ad avvertire una crescente inquietudine: non gli piace la situazione che si è creata, preferisce farsi raggiungere dalla scorta... E finge un guasto meccanico per fermarsi sul bordo della strada. Corbari, disarmato, fa un cenno a Iris. Lei gli passa la pistola che teneva nascosta sotto la camicia.

"Ehi, console..." dice puntandola alla testa di Marabini. "Ma ci hai creduto davvero? Sei stato così fesso da illuderti che ci saremmo arresi? Guardami negli occhi: ti sembro uno capace di passare dalla tua parte, di tradire i compagni...?"

Il console è impietrito. Fissa il vuoto davanti a sé, e non ha neppure il tempo di riflettere sulla propria ingenuità. Corbari gli spara un colpo alla nuca.

L'autista viene rilasciato, con la raccomandazione di raggiungere l'abitato e raccontare cosa sia veramente accaduto.

Corbari, Iris e Otello tornano sui monti.

Silvio Corbari era nato a Faenza il 10 gennaio 1923. La famiglia, di modeste condizioni, poté garantirgli soltanto le scuole elementari e l'avviamento professionale, benché il ragazzino manifestasse una grande passione per lo studio e le letture. Poi la meccanica lo attirò più di ogni altro interesse, e dopo l'apprendistato in fonderia trovò un lavoro in officina. Intanto frequentava il teatro della parrocchia, dimostrando non solo buone doti di recitazione, ma soprattutto un innato talento nei travestimenti: in seguito lo avrebbe messo a frutto, rivelandosi capace di assumere le sembianze più disparate con straordinaria disinvoltura e padronanza...

Ben presto si sarebbe distinto per l'avversione viscerale al fascismo, esponendosi pericolosamente. A soli diciannove anni sposò Lina Casadio, e la coppia ebbe di lì a poco un figlio, Gian Carlo. L'anno seguente, nell'agosto del 1943, Silvio si compromise definitivamente, picchiando un noto fascista soprannominato Pipò, famigerato squadrista responsabile di innumerevoli pestaggi e punizioni a base di olio di ricino. Proprio ricordandogli a quanti poveracci aveva rivoltato le viscere, tentò di fargli ingoiare niente meno che un ombrello... Pipò ne uscì vivo grazie agli stessi amici di Silvio, che lo fermarono prima che l'ombrello sfondasse la trachea del malcapitato. A Faenza, Corbari e il gruppo di compagni inseparabili erano già nel mirino del regime. Ma fino a quel momento si era trattato di burle, più che di atti di resistenza organizzata, come "l'attentato" al monumento del generale Pasi, dove avevano piazzato un ordigno scatenando l'allarme generale, con tanto di artificieri fatti accorrere da Bologna: disinnescandolo, si era scoperto che si trattava di una bomba... caricata a pasta e fagioli.

Dopo il 25 luglio 1943, quando il Gran Consiglio impose a Mussolini le dimissioni, con gli Alleati ormai sbarcati in Sicilia, e quindi l'8 settembre, con l'armistizio del re e l'Italia spaccata in due, lasciata in balìa dei tedeschi, non furono più tempi di beffe clamorose e schermaglie a suon di pugni: Silvio Corbari non ebbe dubbi né tentennamenti, decise di armarsi e organizzare la Resistenza sui monti. Il Comitato di Liberazione Nazionale temporeggiava, invitando i giovani a non esporsi e a restare in attesa di ordini. I partiti antifascisti sembravano colpiti da improvvisa paralisi: il Pc faentino, nonostante l'attivismo antagonista manifestato nel ventennio, e malgrado le diverse direttive del partito a livello nazionale, dopo l'8 settembre assunse un atteggiamento opportunista: arrivò addirittura a concordare una sorta di armistizio separato con i fascisti, impegnandosi a non ingaggiare la lotta armata in cambio della garanzia che i suoi dirigenti e militanti più conosciuti non sarebbero stati arrestati. E il Psi si adeguò, legato ai comunisti da un patto di alleanza, mentre il Pri, praticamente inattivo durante la dittatura, si limitò a raccogliere fondi per il CLN senza promuovere alcuna azione concreta. Silvio Corbari, che già nutriva un'istintiva diffidenza nei confronti delle strutture di partito, insofferente a qualsiasi condizionamento o ordine calato dall'alto, trovò così conferma alle proprie convinzioni, maturando una profonda avversione che, in seguito, gli avrebbe causato seri problemi nell'ambito della lotta partigiana.

Insieme ad altri giovani stanchi di sentirsi dire "abbiate pazienza", il 9 settembre Corbari iniziò fin dall'alba a rastrellare armi e munizioni nelle caserme abbandonate dai soldati allo sbando. Una settimana dopo le truppe tedesche entrarono a Faenza, e il suo gruppo, una ventina di partigiani in tutto, prese la via della montagna. Ma ben presto altri li raggiunsero, compresi alcuni ex ufficiali dell'esercito italiano, e la loro "banda" arrivò a sessanta uomini organizzati in due compagnie, la "formazione partigiana del Samoggia", con sette mitragliatrici pesanti e diciassette leggere, un centinaio di moschetti più altrettante casse di munizioni e bombe a mano. Qualche giorno dopo si presentò un'occasione straordinaria, che avrebbe potuto mutare da sola le sorti della guerra civile appena divampata.

Liberato dal colonnello Otto Skorzeny che lo prelevò dalla prigione sul Gran Sasso, Mussolini si recò a Monaco dove proclamò la Repubblica Sociale Italiana e quindi tornò in Italia, precisamente all'aeroporto di Forlì, il 23 settembre. Lo accolsero numerosi gerarchi, tra i quali Pavolini, Buffarini Guidi, Mezzasoma, Ricci – tutti futuri ministri – e il generale Graziani. Da lì si diressero a Castrocaro, per una riunione plenaria nell'albergo delle terme. Un simile spiegamento di forze suscitò l'immediato interesse dei giovani partigiani. Corbari approntò un piano d'attacco: il nemico non poteva sapere della loro esistenza, in quei giorni non si aspettava certo di dover affrontare un gruppo armato di notevole consistenza, e l'elemento sorpresa poteva produrre il risultato sperato. Ma ancora una volta vennero frenati dai temporeggiamenti dei dirigenti politici, nonché dall'indecisione degli ex militari che consideravano la formazione partigiana impreparata, male addestrata... Non avevano tutti i torti, ma Corbari era convinto – e le successive azioni intraprese gli avrebbero dato ragione – che l'attacco fosse attuabile, considerando l'esigua presenza di soldati e la loro ancora scarsa determinazione, con la Repubblica Sociale appena nata e quindi priva di strutture efficienti sul campo. Tra infuocate discussioni e molte incertezze, arrivò la notizia che Mussolini e i suoi gerarchi avevano lasciato Castrocaro. Corbari non si arrese: propose di organizzare un altro attacco, a Rocca delle Camminate, dove il 29 settembre si sarebbe tenuta la prima riunione del consiglio dei Ministri. Ma si perse tempo anche in questo caso. E il risultato fu la disgregazione del gruppo, minato dalla discordia prima che entrasse in azione. Corbari decise che da lì in avanti non avrebbe più preso ordini da nessuno, e costituì una banda per conto suo, una decina di uomini legati da profonda amicizia che sarebbero arrivati a trenta per la fine dell'anno.

In quei tre mesi realizzarono tante imprese e misero a segno tanti colpi di mano da far credere di essere cento volte più numerosi. Nessuno immaginava che pochi partigiani, quasi sempre in cinque o sei, potessero tenere in scacco mezza Romagna, spingendosi persino in territorio toscano. Tra ottobre e dicembre, prima che le abbondanti nevicate ricoprissero i sentieri e bloccassero i passi, Corbari e i suoi assaltarono caserme dei carabinieri, presidi della Guardia Nazionale e case del fascio. Disarmarono e misero alla berlina centinaia di miliziani fascisti e soldati tedeschi, da Bagnacavallo a Brisighella, da Riolo Terme a Lugo, da Borgo di Faenza a Medicina di Bologna, da Castrocaro a Castelbolognese, fino all'impresa di Rocca San Casciano, che darà vita alla "leggenda del camion fantasma". Con quattro compagni, colse di sorpresa sei miliziani della GNR scesi da un autocarro per prelevare sacchi di grano. Dopo averli disarmati, Corbari li fece anche spogliare. Indossate le loro divise, Corbari e compagni cominciarono così una lunga scorribanda nel faentino e nel forlivese a bordo del camion, arrivando infine nel casentino, in Toscana: nove caserme espugnate quasi senza colpo ferire, grazie al travestimento e al camion di servizio, più un numero imprecisato di posti di blocco tedeschi smantellati, ai quali si avvicinavano salutando i camerati: offrivano sigarette, un sorso di vino, e quando la rilassatezza era al massimo... aprivano il fuoco nel mucchio, o, nel caso che gli avversari fossero in pochi, li disarmavano mandandoli di corsa per i campi in mutande. Tornati in Romagna con il "camion fantasma" ormai ridotto a un ammasso di ferraglia, Corbari venne avvisato che alcuni gerarchi faentini di stanza a Medicina, famosi per le crudeli bravate contro la popolazione locale, erano a cena nella sontuosa dimora di un notabile della zona, in località Villa Fontana, nel bolognese. Decise di sfruttare ancora le divise fasciste, e partì subito con pochi compagni. Lungo il tragitto, già che c'era, si fermò nella caserma dei carabinieri di Conselice, disarmandoli e raccomandando loro di autocongedarsi. Giunto alla villa, salutò gli ospiti spacciandosi per un fascista alle dipendenze del colonnello faentino Albonetti. Ma Corbari era ormai troppo conosciuto, di lui si parlava ovunque, e uno dei presenti lo riconobbe. Si scatenò una sparatoria. Rimasero uccisi il triumviro del fascio, un miliziano, un maresciallo e un brigadiere dei carabinieri. Ma anche due partigiani erano feriti, così Corbari decise di proseguire per Bologna, dove un medico amico loro prestò le prime cure. Quindi raggiunsero Faenza.

A pochi giorni dal Natale, avrebbe rinnovato le imprese del "camion fantasma" utilizzando in questo caso una lussuosa berlina Aprilia: stavolta però in divisa da colonnello tedesco, tolta a un ufficiale bloccato insieme ai soldati di scorta sulla strada tra Faenza e Russi. Si levò la soddisfazione di girare per Faenza distribuendo saluti a braccio teso a fascisti e "commilitoni" nazisti, studiando qualche altra impresa da "mordi e fuggi". Ma i nemici risultarono troppo numerosi, la caserma Pasi traboccava di truppe e le vie erano invase di pattuglie. Decise di spostarsi in Toscana, fino al Mugello, dove assaltò varie caserme e annientò alcuni presidi della Wermacht: poteva avvicinarsi e attaccare discorso grazie alla presenza di un partigiano atesino, Vittorio, che parlava perfettamente il tedesco. Erano azioni che miravano soprattutto a ottenere effetti eclatanti – oltre che a procurarsi armi e munizioni –, per dimostrare alle giovani leve della Resistenza, ai ragazzi attirati dalla lotta partigiana, che la tanto declamata invincibilità tedesca poteva essere umiliata e derisa: quando poteva, Corbari evitava di spargere sangue, perché considerava più importante la "propaganda dei fatti" che non uno stillicidio di uccisioni. Chi lo conobbe, ricorda le sue riflessioni nei rari momenti di quiete, quando, pensando agli uomini a cui aveva tolto la vita in combattimento, ripeteva spesso: "Non mi compiaccio di contarli, anzi, cerco di dimenticarli. Non è affatto un piacere, uccidere, ma una dolorosa necessità".

Tipico figlio di Romagna, Silvio Corbari era irruente e allegro, scanzonato e spregiudicato, ribelle fino a rasentare l'incoscienza. Ma sempre attento a non mettere a repentaglio la vita dei compagni: su questo era irreprensibile, al punto da intraprendere imprese solitarie quando i rischi sembravano eccessivi, ricorrendo ai travestimenti entrati nella leggenda. Nel mettere a punto i piani di attacco insieme ai compagni, sosteneva che occorrevano estrema violenza iniziale e velocità, per seminare il panico tra i nemici e ottenerne lo sbandamento, impedendo così loro di riorganizzarsi e reagire. La riuscita di un'azione dipendeva innanzitutto dalla sorpresa e dalla scelta del luogo, che doveva garantire massima libertà di movimento e di sganciamento, per ritirarsi immediatamente su posizioni difensive favorevoli. Strategie e tattiche di guerriglia che sembravano anticipare un'epoca: circa quindici anni più tardi, Ernesto Che Guevara avrebbe detto esattamente le stesse cose ai suoi uomini, probabilmente senza aver mai sentito parlare di un certo Silvio Corbari...

La sua figura era circondata da un tale alone mitico che fiorirono ogni sorta di leggende intorno a certe sue clamorose imprese solitarie; eppure alcune, le più audaci, vennero realmente compiute, anche se con il tempo qualcuno ha pensato si trattasse di fantasie popolari...

Dopo aver occupato il paese di Tredozio per ben tre volte, cacciandone la guarnigione della GNR e, nel primo caso, resistendo per undici giorni, i fascisti vi concentrarono un grosso contingente, oltre alle truppe tedesche dislocate nella zona, per garantirsi il controllo dell'importante via di comunicazione con la Toscana. Corbari, non avendo forze sufficienti a sferrare un quarto attacco, li tenne in fibrillazione preannunciando un'offensiva. Poi arrivò ad avvisare ufficialmente il comando della milizia che si sarebbe recato in paese in un giorno preciso. Allarme generale, con ulteriore richiesta di rinforzi, strade bloccate, pattuglie ovunque... Ma l'unico a presentarsi a Tredozio fu un anziano contadino, piuttosto malconcio e lacero, che si trascinava dietro un maiale legato a una corda. Giunto sulla porta dell'osteria, salutò i miliziani presenti chiedendo gentilmente se potevano reggere la corda e tenergli il maiale il tempo di bersi un bicchiere di vino. Sghignazzando e prendendolo in giro, i fascisti, di fatto, rimasero per qualche minuto con il maiale, poi il vecchio uscì, seguito dalle battute volgari della soldataglia, e riprese la strada verso i monti.

L'indomani i fascisti si affrettarono a raccontare ai quattro venti che Corbari era soltanto uno spaccone, ma vennero ben presto smentiti da una lettera – opportunamente divulgata in mezza Romagna – nella quale Corbari li ringraziava per la gentilezza mostrata durante la sua sosta in osteria, e concludeva rivolgendosi al comandante: "I suoi uomini sono buoni giusto a badare al mio maiale...".

Uno scherzo analogo lo giocò al segretario politico del fascio di Faenza, invitandolo a un incontro, loro due da soli, disarmati, nella chiesa dei Servi, in pieno centro. Il segretario ci andò, ma portandosi dietro una scorta armata fino ai denti. La chiesa rimase deserta. I miliziani la perquisirono in ogni angolo, confessionali compresi. Uscendo, il segretario fece l'elemosina a un vecchio che gli tendeva la mano. Anche in questo caso, i fascisti dichiararono che Corbari aveva avuto paura di farsi vedere. Subito dopo, il segretario ricevette una busta con dentro le sue dieci lire, e un biglietto: "Ti rendo le dieci lire che mi hai generosamente donato, ma sappi che io ti ho regalato la vita".

Una volta Corbari affrontò rischi ancora maggiori per provocare i "nemici invincibili", ma aveva un preciso motivo: dopo uno scontro a fuoco nei pressi di San Giorgio in Cepparano, alcuni miliziani delle Brigate Nere tornati a Faenza avevano divulgato la notizia che Corbari era rimasto ucciso. E un giornale locale l'aveva pubblicata con grande risalto. Occorreva smentirla nel modo più inequivocabile e rapido, mentre i faentini antifascisti lo stavano già piangendo. Così la domenica successiva, indossando la divisa della Guardia Nazionale Repubblicana, Corbari scese a Faenza, attraversò la piazza principale nell'ora di maggiore affollamento, entrò nel bar Sangiorgi e si fece largo fino al bancone, ordinando un caffè. Ben presto lo riconobbero tutti. Bevve lentamente il suo caffè, fissando i presenti negli occhi uno per uno. Poi andò verso la parete dove campeggiavano i ritratti di Mussolini e del gerarca ravennate Ettore Muti. Li staccò, gettandoli a terra con disprezzo. E dopo averci sputato sopra, uscì con estrema calma.

Tre soldati si precipitarono fuori, ma Corbari, fermo in

mezzo alla strada, spianò il mitra contro di loro, che si buttarono al riparo. Quindi salì sull'auto di un compagno che era venuto a prenderlo.

La notte di sabato 5 febbraio 1944 tornò a Faenza per partecipare a una riunione segreta del CLN – dove emersero ancora una volta i contrasti tra lui e i vertici del Comitato –, conclusasi all'alba di lunedì 7. Corbari si allontanò attraversando il centro a piedi, e dopo corso Saffi si apprestava a imboccare il ponte quando incrociò un tenente della GNR, che purtroppo lo conosceva benissimo. La mano dell'ufficiale fascista scattò verso la fondina e impugnò la pistola, Corbari fece altrettanto. Fu più svelto, di appena un istante, o forse più preciso, o soltanto più fortunato. Echeggiarono alcuni colpi nel silenzio. Il tenente rimase sul selciato e Corbari raggiunse i sentieri tra le colline.

Iris Versari e Silvio Corbari si conobbero a Tredozio durante gli undici giorni di liberazione e autogestione del paese, nel gennaio del 1944. Tra i due nacque un rapporto intenso, di attrazione immediata e totale intesa. I rapporti tra Silvio e la moglie si erano rarefatti, e non poteva essere altrimenti, dato che qualsiasi contatto poteva costare la vita a lei e al figlio, così come a qualsiasi altro familiare. Con Iris, l'amore si fondeva ai rischi della sopravvivenza quotidiana, precaria e perennemente legata a un filo; nessuno dei due si chiedeva quanto potesse durare e cosa avrebbero fatto il giorno, se mai fosse arrivato, in cui la fine della guerra avrebbe significato il ritorno a una normalità sconosciuta, da reinventare. Vivevano in un presente fatto di solidarietà e sacrifici, cuore in gola e adrenalina, combattimenti fulminei e spostamenti continui. Dalle poche fotografie che ci restano, Iris appare bella e semplice, lo sguardo ardente, di una giovinezza raggiante. Chi l'ha conosciuta, l'ha descritta come una donna capace di profonda, disarmante tenerezza, e al tempo stesso di una glaciale determinazione, premurosa nei rari momenti di quiete, efficiente nell'azione, dotata di un coraggio naturale, istintivo, libera dal bisogno di dover dimostrare niente a nessuno. Ogni volta che occupavano un centro abitato dopo aver messo in fuga la guarnigione locale, Iris si dirigeva subito alla banca e la svaligiava, per poi dividere il bottino in parti uguali: una per le necessità del gruppo, l'altra da distribuire alle famiglie contadine più povere. Il 28 maggio 1944 presero Modigliana, e Iris, mitra spianato, prelevò 80.000 lire dalla Cassa di Risparmio. L'11 giugno ci tornarono, ma stavolta la banca era sbarrata: Iris andò direttamente a casa del cassiere, lo "convinse" a trovare le chiavi della cassaforte, e la svuotò di 10.150 lire, senza trascurare di rilasciargli una ricevuta.

Il mitra di Iris era stato un "regalo" di Corbari: impugnatura arabescata, canna decorata da incisioni a sbalzo, dimensioni molto contenute. Aveva fatto parte della collezione di un noto gerarca, un pezzo unico commissionato alla Beretta come "favore personale". Quel mitra maledetto si sarebbe vendicato, diventando il punto di partenza per una concatenazione di eventi sfortunati, neanche conservasse l'anima fascista di chi lo aveva creato e voluto così com'era.

Adriano Casadei era il compagno inseparabile di Corbari, l'amico per la pelle. Si capivano al volo: un'occhiata, un cenno, e via. Due caratteri diametralmente opposti, che si compensavano a vicenda, entrambi coscienti che l'altro era la parte mancante di ciascuno. Impulsivo e audace Corbari, dotato di un carisma trascinante, riflessivo e freddo Casadei, dal carattere schivo e poco propenso a mettersi in mostra. Il primo sorrideva spavaldo nelle foto e in faccia alla morte, il secondo scrutava serio e cupo il mondo, diffidente, ma sempre pronto a condividere l'allegria del momento, la gioia di essere sopravvissuti malgrado tutto. Casadei organizzava, studiava, osservava. Corbari agiva, colpiva, guidava all'attacco ma soprattutto riportava al riparo i compagni, costantemente preoccupato della vita altrui. E di non offrire pretesti a rappresaglie, evitando di coinvolgere abitanti di paesi e contadini se non lo stretto necessario. A Corbari imputavano qualsiasi azione, lo vedevano ovunque anche quando era lontano mille miglia. Eppure fu Casadei a ideare e condurre le imprese più riuscite da un punto di vista bellico, come il duro colpo inferto ai tedeschi sul monte Làvane.

La notte tra il 17 e il 18 luglio il gruppo di Corbari era riuscito finalmente a ottenere un lancio di rifornimenti dagli Alleati, dopo estenuanti trattative per dimostare di meritarlo: gli angloamericani pretendevano che la formazione comprendesse almeno cinquecento effettivi, e che il CLN garantisse politicamente per loro. La "Banda Corbari-Casadei" era allora composta di cinquantadue uomini e una donna, ma il materiale sarebbe stato diviso con i compagni del Battaglione Ravenna e con un gruppo di garibaldini toscani. Le casse appese ai paracadute furono trentasei, con armi, munizioni, viveri, vestiario, e tanto esplosivo, ben otto quintali. Per il resto della notte e la giornata successiva lavorarono incessantemente per mettere al riparo quei rifornimenti preziosi, tra cascine abbandonate, grotte e canaloni coperti di frasche. L'esplosivo venne nascosto in una capanna a quota 1165. Ma i quattro passaggi consecutivi dell'aereo da trasporto erano stati notati dai tedeschi e alcune pattuglie avevano confermato al comando movimenti di "banditi" sulle montagne della zona. La sera del 18, cinque colonne formate da SS e truppe scelte degli Alpen Jäger avanzavano verso il monte Làvane. All'alba, le vedette dei partigiani scorsero le prime pattuglie che risalivano dal fondovalle. Casadei prese con sé una decina di uomini e attaccò immediatamente per aprirsi un varco. Questa volta non dovevano risparmiare le munizioni. Due del suo gruppo, soprannominati il Bello e il Brutto, cominciarono a sgranare nastri su nastri di mitragliatrice, sparando in qualche ora più di seimila colpi. I tedeschi erano almeno un migliaio, ma i ribelli si trovavano in una posizione vantaggiosa, e riuscirono a tenerli inchiodati per tutta la mattina. Tanto che gli attaccanti richiesero l'appoggio dell'artiglieria. Otto ore dopo, grazie al fuoco ininterrotto che fece credere ai tedeschi di avere di fronte forze molto più numerose di quanto fossero in realtà, i partigiani iniziarono a sganciarsi lungo il Fosso del Làvane. Casadei raggiunse la capanna stipata di esplosivo, intenzionato a farlo saltare, ma dopo aver piazzato detonatore e miccia si accorse di non avere i fiammiferi. Decise allora di lanciarci dentro una bomba a mano, dicendo: "O riesce o ci resto secco". In quell'istante il Bello gli passò un cerino, recuperato in qualche tasca. Casadei ripiegò sparando raffiche contro le prime pattuglie, e si rifugiò in mezzo alla boscaglia. I soldati tedeschi circondarono la capanna, credendola ancora occupata, e prima di sfondarne la porta aspettarono di raggrupparsi a centinaia tutto intorno. Casadei osservava la scena imprecando: forse la miccia si era spenta... Quando stava ormai perdendo l'ultima speranza, un'esplosione spaventosa sembrò frantumare l'intera montagna, come se fosse un vulcano in eruzione, e persino i compagni che si allontanavano sul versante opposto vennero scaraventati qualche metro più in là dallo spostamento d'aria. Tra Alpen Jäger e SS, morirono circa duecento militari e altri centocinquanta rimasero feriti. Il comando tedesco ammise il tremendo colpo subìto, e persino Radio Londra elogiò l'azione. Nessuno di loro poteva immaginare che tutto questo era opera del solo Adriano Casadei, aiutato da due compagni e salvato dal provvidenziale cerino del Bello, che gli aveva impedito di compiere un gesto suicida.

Corbari ebbe più amici tra i sacerdoti che tra i dirigenti politici. Anzi, i secondi gli tributavano una stima a denti stretti, e più di una volta criticarono aspramente il suo innato senso dell'indipendenza, accusandolo di "individualismo" e di essere un "anarchico", quasi fosse un insulto.

Nella canonica di San Valentino, sui monti a nord di Tredozio, don Luigi Piazza ospitava i partigiani della banda e rischiava la vita ogni giorno per procurare loro cibo e vestiario. Dopo la morte di Corbari, decise di unirsi definitivamente alla formazione. Don Antonio Vespignani, parroco di San Savino, lo conobbe nel gennaio del '44 e trascorse un'intera nottata a discutere di tutto: cosa si provasse nel momento di dover uccidere, il tormento di fronte alla decisione di fucilare una spia, i sentimenti da sopprimere in nome di una guerra di liberazione che stava costando troppo sangue... "Rifiutava l'odio e la vendetta, voleva soltanto giustizia," avrebbe scritto più tardi don Vespignani in un memoriale. "Provai un'immediata simpatia verso di lui, per la schiettezza e la sincerità e per i nobili ideali..." Molti parroci della zona si schierarono con i ribelli, in lacerante contrasto con il papato di Pio XII che riceveva i falangisti di Francisco Franco in udienza solenne e taceva sulla persecuzione degli ebrei. Erano preti in crisi di identità nei confronti del Vaticano, che oltretutto alla fine del conflitto si prodigherà per favorire l'espatrio e garantire un sicuro e agiato rifugio ai gerarchi nazisti in America latina... E scomodi anche per quella parte di mondo cattolico rappresentato dalla Democrazia Cristiana, fondata nel 1942, che soprattutto a Faenza rifiutava la lotta armata in nome di un opportunistico rifiuto della violenza.

Qualcuno ha definito "comunismo romantico" l'ideale politico di Corbari – e a quei tempi c'era chi dava all'aggettivo una valenza profondamente dispregiativa – e in ogni caso lui non voleva avere nulla da spartire con il Pci né con qualsiasi altro partito. Ben presto il suo atteggiamento venne considerato, nel migliore dei casi, "immaturo" e "avventurista", perché non sopportava condizionamenti di sorta e ipocrisie, quelle che definiva "beghe da politicanti". In una lettera a un amico scrisse: "Sono pronto a collaborare con tutti i partiti antifascisti, con chi sente il dovere di impugnare le armi e farla finita con le chiacchiere. In quanto alle mie idee politiche, oggi sento soltanto il bisogno di lottare contro il comune nemico... Domani, eliminati il fascismo e il nazismo, lotterò per il mio ideale, il comunismo". I partiti tentarono in diverse occasioni, con crescente insistenza, di imporgli la presenza di commissari politici nella sua banda. Cominciarono i repubblicani, ai quali rispose: "Non voglio commissari che mi diano ordini, lottare per la libertà è l'unica cosa che conta per me oggi". Poi ci provarono e riprovarono tutti gli altri, sempre più indispettiti dai suoi rifiuti: arrivarono in alcuni casi all'aperta ostilità, creando un pericoloso isolamento intorno alla formazione partigiana che, senza commissari politici, si attirava la diffidenza dei dirigenti di ogni partito, frustrati dall'impossibilità di imbrigliare "l'eretico" Corbari. A un certo punto smise di mostrarsi cortese e diplomatico, e all'ennesima richiesta di accettare i commissari, stavolta da parte del comandante della 36ª Brigata Garibaldi, rispose seccamente: "Caro Bob, a te con quel nome possono mettere il collare che vogliono, a me no".

Diffidenza e isolamento rischiarono in alcuni casi di scatenare scontri fratricidi. Come nella questione della trebbiatura: il Partito comunista faentino aveva diramato l'ordine di impedirla e sabotarla con ogni mezzo, nella convinzione che fosse l'unico modo per privare i tedeschi della possibilità di rifornirsi di grano. Corbari la considerava una direttiva assurda, che avrebbe condannato tante famiglie schierate con i partigiani a un lungo periodo di carestia, mentre già risultava difficile sfamarsi con la generale penuria di alimenti. Per togliere il grano ai tedeschi sarebbe stato sufficiente nasconderlo bene, non certo lasciarlo a marcire nei campi. Il CLN, questa volta, era più propenso ad appoggiare Corbari che i gappisti del Pc. Tuttavia, questi bruciarono ugualmente alcune trebbiatrici, e proprio quelle dei contadini che fornivano appoggio alla banda. Per giunta, fermarono due compagni che rientravano da una missione e li disarmarono. Corbari reagì rabbiosamente, decidendo di punire i responsabili che, ai suoi occhi, erano da considerare alla stregua di provocatori, comunque scellerati che affamavano i contadini e si comportavano da "sbirri" con i suoi uomini. Ancora una volta, fu Casadei ad evitare al CLN il peggio: cercò i comandanti dei GAP e, malgrado il CLN li avesse avvertiti di allontanarsi dalla zona per scongiurare un probabile scontro, riuscì a incontrarne alcuni e a ristabilire la pace tra le diverse formazioni combattenti, mai così precaria come in quel momento.

Nella banda c'erano due fratelli, Tonino e Arturo Spazzoli, legati a Silvio e Adriano da una profonda amicizia. Del resto, tutta la loro formazione restava saldamente unita da rapporti personali di assoluta complicità e intesa reciproca. Anche per questo Corbari evitava qualsiasi discussione politica: l'ideale comune era la lotta antifascista, e l'amicizia doveva prevalere su ogni eventuale motivo di contrasto. Comunisti, socialisti, anarchici, repubblicani, credenti o atei, di tutto questo avrebbero discusso a guerra finita: per ora, si restava uniti da un patto supremo, al di sopra delle ideologie che dilaniavano le diverse organizzazioni della Resistenza.

Nei primi giorni di agosto Tonino Spazzoli venne catturato dalla Gestapo a Forlì, dove era di passaggio durante una missione: i tedeschi avevano individuato e smantellato l'emittente clandestina Radio Zella, arrestando e sottoponendo a spaventose torture il principale animatore, Andrea Grimaldi detto Zanco; Tonino stava avvisando i compagni di nascondersi perché non si poteva pretendere che Zanco resistesse a lungo senza fare i loro nomi. Anche per Tonino Spazzoli cominciò il calvario degli "interrogatori" nel carcere di Forlì. Il fratello Arturo si mise subito all'opera per tentare un assalto e liberarlo. Il 12 agosto andò con Casadei a studiare l'esterno della prigione e a prendere contatti con un gruppo in città che avrebbe creato un diversivo occupando la centrale elettrica, mentre Corbari preparava l'azione e decideva di portare con sé soltanto una decina di uomini, puntando sulla rapidità: una squadra più numerosa avrebbe rischiato di attirare l'attenzione del nemico. La sera del 13 si incontrarono con Casadei, che espose il piano approntato e diede loro una buona notizia: i contatti con l'aviazione inglese avevano garantito un'incursione finalizzata a ottenere l'allarme aereo su Forlì, senza effettuare un bombardamento. In ogni caso, aggiunse Casadei, l'impresa sarebbe stata al limite del possibile, ma lui non aveva dubbi: grazie all'effetto sorpresa, potevano farcela.

A notte fonda, sotto un violento temporale, il gruppo entrò a Forlì e prese posizione nei pressi del carcere. L'attesa snervante si prolungò oltre le quattro del mattino, l'ora in cui l'aviazione avrebbe dovuto intervenire. Ma dal cielo, soltanto i tuoni e i lampi: il comando alleato aveva cambiato idea, o forse, non si era neppure preso la briga di negare il proprio appoggio al momento della richiesta... Per di più, nessuno di quelli che dovevano portare le ultime notizie sulla situazione e attaccare la centrale elettrica si era fatto vivo. Arrivò all'appuntamento solo Arturo Spazzoli, e dalla disperazione sul suo volto capirono che era stato tutto vano: disse di avere appena saputo che il fratello Tonino era morto per le torture subite.

Da quel momento, la sorte avversa sembrò ordire una trama di eventi casuali che convergevano verso la catastrofe. Innanzitutto, la notizia sulla morte di Tonino era falsa. Probabilmente venne diffusa in buona fede, ma di fatto gli spaventosi tormenti non lo avevano ancora vinto: Tonino resisteva e non parlava. Ignari di ciò, il 15 agosto Arturo Spazzoli e Casadei si imbatterono nei pressi di Modigliana in un giovane ambiguo, un certo Franco Rossi, che prima aveva goduto di grande rispetto tra i partigiani perché si diceva fosse riuscito a far saltare in aria un treno tedesco, poi, unitosi alla banda, era stato allontanato in malo modo per il suo comportamento: aveva rubato nelle case dei contadini approfittando della loro ospitalità. Rossi sostenne di essere appena evaso dal carcere di Castrocaro e di temere per la madre, a suo dire arrestata dai fascisti per rappresaglia, e voleva a ogni costo parlare con Corbari. Casadei lo trattò con diffidenza, ma preferì non perdere le sue tracce: gli consigliò di recarsi da un compagno, Turìn, soprannome di Ettore Pini, che lo avrebbe messo in contatto con Silvio. In realtà, Turìn era incaricato di bloccare gli individui sospetti come il Rossi. Che però si guardò bene dall'andarci, mentre la sventura volle che riuscisse a rintracciare Corbari a Cornio, nella casa di un contadino che lo ospitava insieme a Iris e ad altri due compagni. Corbari, per quanto prevenuto, lo lasciò parlare, ascoltando la sfilza di lodi sperticate al gruppo e le preghiere di riaccoglierlo tra loro. E commise l'errore di crederlo un cialtrone qualsiasi, non una spia già allora al servizio dei fascisti. Quella sera Corbari doveva raggiungere Papiano con i due compagni per prelevare cibo e munizioni. Iris rimase sola con Franco Rossi, che durante la notte si allontanò rubandole il mitra e lasciando un biglietto in cui prometteva di restituirlo. Una volta tornato, Corbari ordinò ai due partigiani di rimettersi subito in marcia per tentare di catturarlo. Iris, intanto, si procurò un mitra Sten, un'arma rudimentale ma pratica e robusta. Quello Sten aveva però un difetto di fabbricazione, o forse il percussore era troppo consumato e la sicura non funzionava bene: arretrando l'otturatore, il colpo andò in canna ed esplose contemporaneamente, ferendo Iris alla gamba sinistra, poco al di sopra del ginocchio. Silvio non c'era, stava battendo anche lui la zona sperando di ritrovare il traditore...

Arturo e Casadei arrivarono a Cornio verso mezzanotte, poco dopo tornò anche Corbari. Iris si era medicata la ferita alla meglio, resistendo al dolore lancinante. Per prudenza avrebbero dovuto abbandonare immediatamente la casa, visto che non si sapeva dove fosse finito Franco Rossi. Ma erano tutti spossati dalle marce estenuanti della giornata, e inoltre Iris non poteva camminare, avrebbero dovuto trasportarla su una barella di fortuna. Così decisero di ripartire all'alba, dopo aver recuperato le forze.

Alle cinque del mattino dormono ancora tutti, tranne Iris, che non ha chiuso occhio per i dolori alla gamba. Alle prime luci dell'alba, il contadino che li ospita esce sull'aia, forse insospettito da qualche rumore... Il casolare è completamente circondato, tra il reparto scelto del Battaglione Mussolini e un'intera compagnia della I Divisione Alpen Jäger, saranno in due o trecento, forse anche di più. Qualcuno gli intima l'alt, il contadino si precipita in casa e dà l'allarme. Un manipolo di fascisti e militari tedeschi irrompe all'interno. Un ufficiale nazista si affaccia nella camera di Silvio e Iris: lei ha già lo Sten in pugno, spara e lo uccide. Si scatena l'inferno.

Gli assedianti aprono il fuoco con mitragliatrici e mortai, la casa è sventrata dalle granate, porte e finestre si sbriciolano sotto le raffiche di grosso calibro, eppure dall'interno i partigiani continuano a rispondere colpo su colpo. Un ultimo barlume di speranza: dietro il cascinale c'è una scarpata che scende quasi verticale verso la boscaglia, se riescono a buttarsi fuori e rotolare giù, potrebbero rompere l'accerchiamento e fuggire fino al torrente Tagliata, protetti dalla vegetazione. Silvio vorrebbe prendere in braccio Iris, ma lei lo scongiura di lasciarla lì e tentare da solo: la sua unica possibilità è correre a rotta di collo, portandola con sé non ce l'avrebbero fatta nessuno dei due. Silvio non sente ragioni, non la abbandonerà mai nelle mani di quelle belve. Poi riprende a sparare dalla finestra e lancia altre bombe a mano, per tenere a bada i primi assaltatori, ormai vicinissimi. Iris ne approfitta subito: si uccide con un colpo di pistola, il gesto estremo per costringere Silvio a fuggire da solo.

Adriano e Arturo si precipitano fuori dalla stalla tirando raffiche all'impazzata. Silvio, stravolto dalla disperazione, stringe per l'ultima volta Iris tra le braccia, le accarezza il viso, la bacia sulla bocca, e poi, urlando e sparando, si butta fuori dalla finestra al primo piano. Rotola lungo la scarpata, mentre tutto intorno è un'eruzione di fuoco e piombo, schegge di roccia, nubi di polvere e fumo. Ma non è lui il bersaglio del furibondo tiro incrociato: la confusione e la scarsa visibilità lo hanno favorito, i soldati sparano tutti su Adriano e Arturo. Quest'ultimo, che si è trovato davanti un tratto di terreno allo scoperto, ha attirato il fuoco su di sé: ha le gambe sfracellate e una vasta ferita al ventre.

Silvio arriva in fondo al dirupo, e prova a rimettersi in piedi senza riuscirci: si è slogato un ginocchio, forse entrambe le caviglie. Le ferite, tuttavia, sono superficiali, ma lui è ormai sfinito, inerte, e nello sguardo spento è rimasta impressa l'immagine di Iris con il volto coperto di sangue, i bellissimi capelli inzuppati, e continua a sentire il freddo delle sue labbra morte...

Adriano lo raggiunge, lo costringe a muovere qualche passo, se lo trascina dietro esortandolo a non cedere, a non dare questa terribile soddisfazione alle iene lassù... Silvio, per un attimo, riprende vigore, gli dice di staccarsi da lui perché stanno offrendo un bersaglio troppo facile, di precederlo nel fitto della boscaglia in modo da potersi difendere e coprire anche la sua fuga. Pochi istanti dopo, Silvio inciampa e precipita dall'argine del torrente, sbattendo la testa contro un masso. Adriano, che è ormai in salvo tra i cespugli, torna indietro e tenta ancora una volta di sorreggerlo: ma Silvio ha il cranio fratturato, dallo squarcio si vede la materia cerebrale... Adriano se lo carica in spalla e raggiunge un piccolo avvallamento, dove adagia l'amico privo di conoscenza, rimanendo accanto a lui.

La battuta di caccia non si protrae a lungo. A scorgerli per primi sono gli Alpen Jäger. Urla di trionfo, ordini secchi, risate isteriche. Adriano si alza in piedi e li guarda senza tradire alcuna emozione. È finita.

Nello scontro sono morti due fascisti del Battaglione Mussolini e l'ufficiale tedesco colpito da Iris, più un certo numero di feriti. Franco Rossi si para davanti a Casadei, squadra soddisfatto Corbari, sdraiato a terra in una pozza di sangue, e dice mostrando il mitra di Iris: "Visto? Te l'ho riportato!". Casadei lo fissa con disprezzo, mormora tra i denti: "Anche tu farai una brutta fine".

Requisiscono un barroccio trainato dai buoi e ci caricano sopra Corbari svenuto e Arturo Spazzoli agonizzante. Casadei, le mani legate dietro la schiena, è costretto a seguirli a piedi. Dopo qualche chilometro, i fascisti finiscono a colpi di pistola Arturo, per non sentire più i suoi gemiti.

"Perché ti sei fatto prendere?" chiede un ufficiale della Guardia Repubblicana a Casadei. "Ce l'avevi quasi fatta, ormai eri arrivato nel bosco..."

"Avevate preso Silvio, dovevate prendere anche me," risponde laconico.

Raggiunti i camion in sosta sulla strada, si dirigono a Castrocaro, nella stessa piazza dove qualche giorno prima avevano fucilato due partigiani e tre miliziani della Guardia Nazionale accusati di aver fornito loro delle armi.

La mattina del 18 agosto 1944, Silvio Corbari viene impiccato nella piazza del municipio di Castrocaro, senza aver ripreso conoscenza. Prima che il boia gli stringa il cappio intorno al collo, Adriano Casadei lo abbraccia e lo bacia per l'ultima volta. Un miliziano fascista lo colpisce con un manrovescio, spaccandogli un labbro. Un militare tedesco, forse in un sussulto di rispetto per il nemico vinto, si indigna e dà uno spintone al fascista, mandandolo in terra. Quando tocca a Casadei, si mette il cappio da solo. Ma tirano la corda con eccessiva foga, e questa si spezza. Dopo qualche minuto, Casadei ripete la scena, e stringendosi il nodo scorsoio dice ad alta voce in dialetto romagnolo: "Siete marci anche nella corda!".

Nel pomeriggio i corpi vennero trasferiti a Forlì e impiccati per la seconda volta, nella centralissima piazza Saffi, come monito per la cittadinanza. L'indomani, decisero di appendere anche i cadaveri di Arturo Spazzoli e di Iris Versari. Quel giorno, il 19 agosto 1944, uccisero Tonino, dopo averlo portato in piazza a vedere che fine avesse fatto suo fratello. Poi, i carnefici scattarono diverse foto ricordo.

In quella che ritrae Iris mentre penzola da un lampione – scalza, le gambe scoperte, i lunghi capelli che nascondono l'oltraggio del cranio sfondato con i calci dei fucili – si notano a poca distanza due uomini in uniforme che la guardano e ridono sguaiatamente. Sono loro il dettaglio osceno di quell'immagine impietosa.

2.

Quico

L'uomo che fermò un taxi sulle Ramblas si presentò all'autista come funzionario del governo. Dimostrava una quarantina d'anni, il suo aspetto distinto e i modi cortesi rassicurarono l'autista. Indossava un impermeabile chiaro sul completo scuro, cravatta nera e camicia bianca, capelli accuratamente pettinati con brillantina e baffi ben curati, statura superiore alla media e fisico atletico.

Quel 28 settembre 1955 Francisco Franco, il Generalissimo, era a Barcellona in visita ufficiale. La capitale della Catalogna sembrava ormai "pacificata" come il resto del paese: dalla fine della guerra civile i franchisti avevano fucilato almeno centocinquantamila "sovversivi". Eppure, a sedici anni dalla vittoria dei militari golpisti, le prigioni traboccavano ancora di oppositori, nonostante le esecuzioni di massa che costituirono un vero e proprio genocidio; al plotone si sarebbe poi sostituita la garrota, strumento di singolare ferocia che strangolava lentamente il condannato mediante una manovella azionata dal boia. In quegli anni erano soprattutto gli anarchici a subire la sanguinaria repressione del regime, essendosi dimostrati i più attivi nell'organizzare la resistenza armata: e questo malgrado l'isolamento e l'avversione di cui erano stati oggetto da parte dei paesi "democratici", i cui governi sembravano tollerare benissimo la presenza di una dittatura in Europa mentre ritenevano universalmente pericolosi gli ideali propugnati dall'anarchismo. Del resto, la politica repressiva nei confronti degli operai non solo permetteva agli industriali spagnoli di realizzare alti profitti, ma attirava enormi capitali dall'estero. A dispetto della cruda e spietata realtà, in Spagna, e in particolare in Catalogna, piccoli gruppi di antifranchisti in armi lottavano ancora senza tregua, creando non pochi problemi alle forze di polizia e alla famigerata Guardia Civil. Quel giorno Barcellona era tappezzata di ritratti del Generalissimo e bandiere spagnole, mentre ai catalani era severamente proibito persino esprimersi nella propria lingua.

Il sedicente funzionario aveva con sé una valigia di medie dimensioni, che non volle riporre nel bagagliaio ma preferì tenere sulle ginocchia. Quando la aprì e ne tirò fuori due pezzi di un tubo simile a quello di una stufa, il tassista si voltò per un attimo a guardarlo stupito.

"Non si preoccupi. Sono incaricato di distribuire propaganda governativa. Per cortesia, apra il tettuccio."

E infatti aveva scelto quel taxi proprio perché aveva il tetto apribile. L'autista lo fece scorrere mostrandosi alquanto perplesso, ma non obiettò: ostacolare un funzionario franchista poteva costargli la licenza su due piedi.

L'uomo incastrò i due tubi e montò velocemente un marchingegno alla base, ottenendo una sorta di mortaio artigianale. Poi vi infilò dentro un cilindro di alluminio e cartone pressato: non proprio una granata, ma qualcosa che le somigliava...

Sporse la bocca del tubo dal tettuccio, arretrò una leva e la lasciò andare di scatto. Il rumore dell'esplosione non fu eccessivo, e comunque si propagò all'esterno evitando di assordare i due occupanti, ma fu sufficiente a far inchiodare il taxi in mezzo alla strada.

"Le ho detto che non deve preoccuparsi," disse l'uomo del mortaio cercando di tranquillizzare l'autista. "Ecco, guardi..." E gli indicò la traiettoria del proiettile in cielo.

Lo stupefatto tassista seguì il puntino lucente che descriveva una parabola in direzione di Plaça Catalunya. Quando stava per iniziare la discesa, esplose con un botto sordo, lanciando tutto intorno una miriade di volantini che presero a volteggiare sulle teste degli attoniti barcellonesi. In quel momento, la numerosissima scorta di Franco era in fibrillazione: che diamine stava succedendo?

Il taxi riprese la marcia, e dal mortaio artigianale partirono altre cariche di propaganda che avrebbero coperto di ridicolo le forze di polizia e il furibondo Generalissimo.

Nei volantini c'era un appello alla ribellione redatto in spagnolo e in catalano, che si concludeva con le seguenti frasi: "Da troppi anni sopportiamo Franco e i suoi sicari. Non basta fare la critica di questo corrotto regime di miseria e terrore. Le parole sono soltanto parole. È necessaria l'azione. Morte alla tirannia!".

L'uomo pagò la corsa e lasciò anche una lauta mancia al tassista, che si sarebbe ben guardato dal denunciare l'accaduto. Il suo mortaio avrebbe "bombardato" Barcellona tante altre volte, sia dall'interno della città che dalle alture circostanti, senza che la Guardia Civil riuscisse a capire da dove proveniva la pioggia di propaganda sovversiva...

Si chiamava Francisco Sabaté, detto Quico, ed era l'anarchico più ricercato di tutta la Spagna. Nato in un sobborgo di Barcellona il 30 marzo 1914, aderì fin da ragazzo alla Confederación Nacional del Trabajo, la centrale sindacale anarchica. All'inizio degli anni trenta la Spagna era scossa da profondi fermenti sociali che spesso sfociavano in insurrezioni di massa, e la repressione colpiva duramente i contadini che tentavano di instaurare comunità agricole autogestite, i minatori e gli operai che lottavano per condizioni di lavoro meno disumane, e gli anarchici ovunque si manifestassero. A migliaia venivano deportati nella Guinea spagnola, e tra questi vi furono Buenaventura Durruti e Francisco Ascaso, destinati a entrare nella leggenda. Quico formò un gruppo d'azione dove il più anziano era suo fratello José, ventidue anni, e decisero di chiamarlo Los Novatos, "I novellini", dimostrando subito cosa intendevano per "difesa dei contadini oppressi": presero a rapinare i latifondisti svaligiandone le lussuose dimore, per poi distribuire il ricavato tra le famiglie in miseria o consegnarlo ai comitati di sciopero. Guardia de Asalto e Guardia Civil facevano a gara nel commettere efferatezze: basti l'esempio del vecchio agricoltore libertario Francisco Cruz, che venne ucciso insieme ai suoi ventitré familiari con i quali si era barricato in casa. Il capo del governo repubblicano, Manuel Azaña, era solito ripetere alle forze dell'ordine: "Né feriti né prigionieri, tirare al ventre". Quico e Los Novatos sfuggirono di misura alla strage quando, durante una riunione della Federación Anarquista Ibérica, si ritrovarono circondati. Nella sparatoria incrociata, riuscirono a disperdersi nei boschi senza subire perdite. Fu il loro battesimo del fuoco.

Nell'ottobre del 1934 scoppiò l'insurrezione delle Asturie, capeggiata da minatori e operai, che resistettero per due settimane contro l'esercito governativo al comando del generale Francisco Franco. In Catalogna la rivolta fallì quasi subito, ma Quico e i suoi riuscirono comunque a impossessarsi di molte armi abbandonate dai poliziotti inizialmente allo sbando, armi che sarebbero risultate preziose al momento di respingere i militari golpisti. Nel 1935 Quico non si presentò alla chiamata di leva e, ormai ricercato, decise di dedicarsi totalmente alla lotta rivoluzionaria. Che necessitava innanzitutto di fondi: così Sabaté assaltò la sua prima banca, a Gavá, nei pressi di Barcellona. In quei giorni accadde anche l'evento più importante della sua vita: conobbe Leonor Castells Martí, ragazza appassionata ai suoi stessi ideali, e se ne innamorò. Leonor sarebbe diventata l'inseparabile compagna degli anni a venire, condividendo innumerevoli vicissitudini e tragedie, e ben pochi momenti di serenità. Sei mesi dopo aver deciso di vivere insieme, il 18 luglio 1936 esplose la guerra civile, scatenata dal *levantamiento* dei militari sobillati da Franco e sostenuti da Italia e Germania: Hitler organizzò per i legionari del famigerato Tercio – la Legione Straniera spagnola – e le truppe mercenarie marocchine un imponente ponte aereo, il primo nella storia degli interventi bellici, con i trimotori Junkers che trasportavano i golpisti dal Marocco alla Spagna.

Quico partecipò alla difesa di Barcellona, dove gli anarchici, a differenza di tante altre zone e città, non erano rimasti ad aspettare ma avevano messo in atto un piano preventivo sequestrando tutte le armi possibili dalle abitazioni dei simpatizzanti di destra conosciuti, per impedire qualsiasi appoggio ai militari golpisti; poi circondarono le caserme colpendo duramente i soldati che non accettavano la resa immediata. Quico si unì quindi alla colonna comandata da Buenaventura Durruti, che era stato a suo tempo rimesso in libertà per il pressante intervento della CNT, sindacato forte di ben un milione e duecentomila iscritti. Verso la metà del 1937 i contrasti tra libertari, dalla cui parte si erano schierati anche i trockijsti e stalinisti, assunsero le proporzioni di una guerra nella guerra. Da Mosca gli ordini erano tassativi: assumere il totale controllo dell'esercito. Nel frattempo, Sabaté era convinto che l'arma aerea avrebbe giocato un ruolo decisivo, e tentò con ogni mezzo di diventare pilota da caccia: inutilmente, perché gli stalinisti impedivano l'accesso all'aviazione a chi non fosse irreggimentato nelle loro file. All'inizio del 1938 i repubblicani scatenarono una controffensiva sul fronte di Teruel, e Quico vi partecipò nelle file delle Brigate Miste 116 e 117. Ben presto, dovette rendersi conto che le direttive del comando centrale, ormai sotto il ferreo controllo degli stalinisti, spingevano al massacro le unità considerate "eretiche", cioè quelle a prevalente partecipazione anarchica. E nelle retrovie come nelle città, si era passati all'eliminazione fisica degli "elementi deviazionisti": tra i tanti casi di combattenti antifranchisti colpiti alle spalle, a Barcellona venne assassinato Camillo Berneri, noto esponente dell'anarchismo italiano e fine intellettuale, mentre Andrés Nin, dirigente del Poum, organizzazione di ispirazione trockijsta, fu sequestrato e fatto scomparire nel nulla. Chi sfuggì per miracolo alle epurazioni fu un allora sconosciuto volontario inglese, George Orwell, ricercato dalla polizia repubblicana – su ordine degli stalinisti – che non riuscì a catturarlo per fucilarlo sul posto.

Quando una brigata mista venne mandata all'assalto sotto il fuoco nemico, perdendo l'ottanta per cento degli effettivi, l'indignazione tra i miliziani fu tale che il commissario politico venne richiamato per "fornire spiegazioni". Si chiamava Ariño, noto stalinista responsabile di aver impartito l'ordine di suicidio collettivo. Sabaté e i suoi lo aspettarono lungo la strada che doveva percorrere per raggiungere il comando. Ariño scese dall'auto con la pistola in pugno, ma Quico non gli diede il tempo di "fornire spiegazioni" come avrebbe fatto il comando militare, e lo freddò a revolverate. A quel punto, sapeva che tornando al battaglione sarebbe stato fucilato: così raggiunse invece Barcellona, dove cominciò a compiere azioni clandestine con la Gioventù Libertaria, impegnandosi soprattutto nella liberazione di compagni arrestati dagli stalinisti. Ma nel frattempo non perdeva l'occasione di dedicarsi anche agli "altri nemici"... Un noto fascista di Hospitalet, Justo Oliveras, era tornato liberamente in circolazione senza che gli stalinisti si preoccupassero minamente di lui e delle sue attività, principalmente contrabbando di generi alimentari – bene supremo in un paese devastato dalla guerra – e strozzinaggio. Tanto che aveva addirittura riaperto il negozio di sua proprietà, dove Quico si presentò come un qualsiasi cliente e gli piantò una pallottola in fronte.

Poi la polizia uccise uno dei Novatos, Francisco Aleu, e in tasca gli trovarono appunti utili a individuare Sabaté, che venne catturato dal Servizio Informazioni Militare. La CNT si mobilitò per impedire che lo uccidessero senza processo, e in seguito alle clamorose proteste pubbliche si ottenne il trasferimento al carcere Modelo. Quico avrebbe dedicato ogni istante della prigionia a svariati tentativi di evasione, scavando gallerie e varchi nei muri, tutti sventati all'ultimo momento. Finché un giorno Leonor, alla quale finalmente avevano concesso il permesso di andarlo a trovare dietro lauto compenso ai secondini, riuscì a introdurre in carcere una pistola e una bomba a mano: grazie al denaro fornito dai compagni di Quico, i secondini erano diventati meno severi e commisero l'errore di non perquisirla più quando si presentava ai colloqui... Pistola in pugno e sicura della bomba tra i denti, Quico evase immobilizzando vari agenti e sequestrando il direttore con tutta la famiglia, permettendo inoltre a diversi prigionieri di riacquistare la libertà. La CNT gli fornì un rifugio in campagna, ma durante la marcia per raggiungerlo la sfortuna si accanì contro di lui: una pattuglia della Guardia Civil lo fermò, e sospettando si trattasse di un fuggiasco, lo condusse in caserma. Affermò di essere un soldato in permesso che aveva smarrito la strada e, incredibilmente, non lo perquisirono, forse frastornati dalle sue accese proteste... Una volta al comando, alla richiesta dei documenti annuì, infilò la mano dentro il giubbotto, estrasse la pistola e uccise tutti e quattro gli agenti. Non sarebbe mai andato fiero di quell'azione, ma l'alternativa era finire al muro: stavolta la CNT non avrebbe potuto fare nulla per lui, se lo avessero ricatturato.

Qualche tempo dopo tornò al fronte, riprendendo a combattere nella 121ª Brigata, con cui partecipò alla disperata resistenza di Montsech, dove gli diedero addirittura una medaglia al valore – senza sapere nulla dei suoi trascorsi, ovviamente. Quando la sua divisione ripiegò lungo il Segre, Quico propose di attestarsi sulla Sierra de Cadí per infliggere un ultimo colpo ai franchisti, ma il comando non autorizzò l'azione e ordinò invece la ritirata verso la Francia. La sua unità fu l'ultima a lasciare la Spagna. Quico venne internato nel campo di concentramento di Vernet d'Ariège. Evase poco tempo dopo. Vagò sui Pirenei, si ammalò ai polmoni e, stremato, dovette arrendersi alla prigionia. Allo scoppio della guerra mondiale, con l'invasione tedesca della Francia, Sabaté riacquistò una libertà effimera, dovendo confondersi con i civili francesi e procurandosi un lavoro da operaio in una fabbrica. Ma poté ricongiungersi con Leonor, e nel 1941 nacque la loro prima figlia, Paquita. Il sindaco di Prades, alle falde dei Pirenei, era un antifascista che nutriva simpatie per i rifugiati spagnoli, e fornì a Quico documenti francesi. A quel punto poteva dedicarsi alla famiglia e al lavoro... In effetti si procurò l'attrezzatura da idraulico, e cominciò a riparare tubature e scarichi nei paesini tra le montagne. Ma lo faceva con un unico scopo: conoscere palmo a palmo i Pirenei, studiare ogni passo e vallata, boschi e radure, per tornare a combattere la dittatura franchista dal suo rifugio sui monti. Poi comprò un asino, dissodò un terreno, coltivò ortaggi e meloni dimostrando di sapersela cavare anche come contadino. E intanto scrutava i Pirenei, in attesa di una scintilla esterna per dare libero sfogo al fuoco che gli bruciava dentro... L'appuntamento con il destino avvenne a Perpignan, dove Quico incontrò Roset, compagno di tante battaglie nella XXVI divisione. Gli bastò guardarlo negli occhi, per capire che la "vita normale" era finita, se mai l'aveva cominciata.

Nei primi tempi si occupava di accompagnare attraverso i Pirenei delegati anarchici che partecipavano a riunioni clandestine a Barcellona o in altre località della Catalogna. Si tentava di gettare le basi per riorganizzare la resistenza. E per farlo, occorrevano denaro e armi. Sabaté tornò all'attività che gli era più congeniale: rapinare ricchi industriali e svaligiare banche, sempre in territorio spagnolo. Oltre a ciò, il 20 ottobre 1945, con Roset e El Abisinio, soprannome di un altro compagno d'armi della guerra civile, Quico organizzò l'attacco a un cellulare che trasferiva tre anarchici prigionieri. Lo bloccarono su un'altura, ma un agente reagì estraendo la pistola. Roset sparò ferendolo gravemente. Il poliziotto alla guida fuggì, e i prigionieri vennero liberati. Ma c'erano altri due uomini di scorta su un'auto che seguiva il cellulare a una certa distanza. Questi scesero e aprirono il fuoco. El Abisinio, in attesa sulla macchina per la fuga, li tenne a bada con qualche raffica di mitra. Poi, si misero tutti in salvo verso i Pirenei.

Le azioni di "autofinanziamento" continuavano senza sosta. La polizia ormai sapeva benissimo che Sabaté era il responsabile di una lunghissima serie di rapine. E lui, da parte sua, decise di sfruttare tale notorietà per evitare reazioni e spargimenti di sangue. Entrando in una banca urlava: "Soy el Quico!", e quelle tre parole erano sufficienti a spalancargli lo sportello della cassaforte e a far sdraiare a terra gli impiegati.

Il 6 febbraio 1946 Leonor partorì due gemelle: una morì pochi giorni dopo, l'altra sopravvisse e le fu dato il nome di Alba. La parentesi di marito e padre premuroso durò soltanto pochi mesi. In aprile Quico riprese le sue missioni oltrefrontiera. Con un gruppo di veterani portò in Spagna un ingente carico di armi e munizioni, ma durante il trasferimento ebbero uno scontro a fuoco con la Guardia Civil, e un agente rimase ucciso. Venne organizzato un rastrellamento in grande stile, e Sabaté riuscì a sfuggire travestendosi da contadino, grazie all'aiuto di una donna che oltre a fornire il vestiario gli mise una zappa in spalla e lo accompagnò oltre i posti di blocco portando con sé una cesta di ortaggi: dentro c'era nascosto l'inseparabile mitra Thompson calibro 45 con il calcio segato.

Nell'elenco delle sue imprese i fatti realmente accaduti si confondono con la leggenda. Quico divenne l'incubo del regime franchista, per causa sua molti funzionari si rovinarono la carriera e tanti persero anche la vita nel tentativo di eliminarlo. Ma per ogni colpo messo a segno, per ogni beffa giocata alla tirannia, si riduceva il margine tra il rischio e la salvezza. Cominciarono a cadere i compagni al suo fianco. Il primo fu El Abisinio, Jaime Parés, crivellato di pallottole sulla porta di una casa rifugio il 9 maggio 1949. Poi toccò a Roset, che venne catturato vivo e avviato al calvario di torture e carcere duro. Intanto, la polizia si accaniva sul padre di Quico, usandolo come scudo quando facevano irruzione in un appartamento dove ritenevano di averlo individuato. Il fratello José si unì a lui, raggiungendolo in Francia. Insieme avrebbero compiuto diverse azioni di guerriglia urbana, finché un giorno José, braccato da decine di agenti per le strade di Barcellona, si difese fino all'ultima pallottola, cadendo privo di sensi per le tante ferite e morendo sulla barella dell'ambulanza: non riuscirono a prenderlo vivo per tentare di estorcergli informazioni. José era da solo perché il fratello Quico si trovava in un carcere francese. Arrestato qualche tempo prima per detenzione di armi, sarebbe rimasto nella prigione di Montpellier per un anno. La Francia cominciava a cedere alle insistenze del governo franchista... Durante la detenzione di Francisco Sabaté, molti del suo gruppo finirono sterminati, senza che lui potesse raccomandare di attendere tempi migliori.

Non riuscì neppure a evitare che il più giovane dei suoi fratelli, Manolo, si unisse alla guerriglia. Era giovanissimo, appena ventiduenne, quando attraversò la frontiera con due compagni più anziani, proveniente da Tolosa dove si era stabilito da qualche tempo. Caddero in un'imboscata della Guardia Civil, riuscirono a sganciarsi, poi, in un secondo scontro, venne ucciso uno dei tre, un italiano soprannominato Helios. Manolo perse i contatti con l'altro combattente, Ramón, rotolato in un burrone ma ancora vivo. Si smarrì tra le montagne, e fu catturato da una pattuglia, ormai stremato dalla fame e dal freddo. Manolo lo fucilarono il 24 febbraio 1950 nel campo di concentramento di Bota, a Barcellona. Aveva ventitré anni, e al plotone di esecuzione gridò: "Peggio per voi, mio fratello Quico mi vendicherà".

La condanna prevedeva anche cinque anni di confino a Digione. Nel 1955 Quico non ne poteva più: la forzata vita sedentaria lo stava consumando. Il dolore per la perdita di José prima e quella, ancor più vile e insopportabile, del giovane Manolo, lo martoriava. Appena libero dagli obblighi di confino, riorganizzò un gruppo di combattenti e varcò nuovamente la frontiera. Presero a diffondere volantini e opuscoli anarchici, si procurarono fondi rapinando banche. Prima, però, Quico era stato costretto ad alleggerire di quattromila pesetas un negoziante di tessuti, perché in quel momento non avevano neppure di che pagare i taxi, solitamente usati per le loro azioni. Dopo un fruttuoso assalto al Banco de Vizcaya, il commerciante si vide arrivare un vaglia di quattromila pesetas con poche righe di ringraziamento e sentite scuse. Sabaté combatteva il regime, i ricchi latifondisti, gli industriali che si arricchivano alle spalle dei lavoratori schiacciati dalla dittatura, ma non voleva i soldi di un bottegaio che sgobbava dalla mattina alla sera.

La sfida alla sorte continuava incessante. Quico sembrava dotato di un sesto senso che gli permetteva di intuire il pericolo da lontano, ma non poteva illudersi di reggere così all'infinito. Recandosi a un appuntamento con alcuni compagni della CNT, capì al volo che il luogo era piantonato da agenti camuffati in vario modo. Fece fermare di colpo il taxi nei pressi dell'ospedale di Santa Cruz, consigliò al segretario del comitato regionale, che era con lui, di mettersi a correre senza voltarsi indietro, quindi scese con calma, si piazzò dietro l'angolo dell'isolato, estrasse il mitra e aspettò. L'auto dei poliziotti che dovevano bloccarlo si avvicinò senza sospettare nulla. E prima che potessero intervenire i colleghi presenti in zona, Quico vuotò il caricatore sul parabrezza. I superstiti si gettarono fuori, qualcuno rispose al fuoco. Sabaté continuò a sparare con la Colt, si allontanò, fermò un'auto e, sedutosi accanto al guidatore, gli raccomandò di non preoccuparsi e di proseguire senza fare sciocchezze. Più avanti scese e salì su un taxi.

Nel 1955 usò spesso il mortaio sparavolantini, dedicandosi principalmente alla propaganda: registrava appelli su magnetofoni che poi metteva in funzione nelle mense delle fabbriche, esortando gli operai al sabotaggio. Ma era sempre più difficile per lui rientrare in Francia e sperare di recuperare le forze. Il 28 maggio 1957 un tribunale francese gli inflisse un'altra condanna per detenzione di armi. Sarebbe tornato in libertà nel luglio del 1958.

L'ultima prigionia lo aveva indebolito, i polmoni malandati reclamavano l'aria dei Pirenei, e soffriva anche di ulcera, che si aggravò al punto da dover essere operato a Digione, con Leonor sempre accanto. Trascorse la convalescenza a casa di amici, mentre la polizia francese continuava a tenerlo sotto stretta sorveglianza. Riprese a lavorare come montatore di caldaie per mantenere la famiglia.

E ogni sera, al tramonto, guardava verso sudovest, immaginando di percorrere gli oltre cinquecento chilometri che lo separavano dalla frontiera...

Gli amici più cari si preoccupavano: in Spagna la repressione aveva ormai raggiunto lo scopo di sprofondare la popolazione nella paura e creare un clima opprimente, di controllo capillare. Se Quico fosse tornato a combattere, sarebbe rimasto solo, senza appoggi né basi sicure. La persecuzione degli anarchici proseguiva senza tregua e senza pietà. Il suo compagno di tante lotte, José Luis Facerías, aveva appena pagato con la vita l'errore di non considerare a quale livello di efficienza fossero arrivati i servizi d'informazione franchisti, grazie soprattutto alla stretta collaborazione con quelli francesi. La dittatura aveva inviato presso l'ambasciata di Parigi il migliore dei suoi cacciatori, Pedro Polo Borreguero, comandante della Brigata Servizi Speciali che si dedicava esclusivamente a individuare ed eliminare gli anarcosindacalisti, a riprova di quanto considerassero importante prevenire le mosse di Francisco Sabaté. Lui lo sapeva, lo sentiva. Per questo prendeva cento, mille precauzioni in più rispetto al passato. Ma non bastavano.

Il 17 dicembre 1959, Quico attraversava i Pirenei con quattro guerriglieri: Francisco Conesa Alcaraz, di trentanove anni, Antonio Miracle Guitart, di ventinove, Rogelio Madrigal Torres, di ventisette, e Martín Ruiz Montoya, di venti. Fece una brevissima telefonata a un compagno di Parigi perché rassicurasse Leonor sulle sue buone condizioni. Disse soltanto: "Un forte abbraccio a tutti. Grazie e alla prossima volta... se ci rivedremo".

Se ci rivedremo. Fu l'ultimo contatto.

Da Madrid avevano organizzato uno spiegamento di forze immane. Pattuglie su tutti i passi di montagna, posti di blocco in ogni strada, vie di accesso a paesi e villaggi piantonate, squadre di pronto intervento dotate di jeep con mitragliera, persino le case coloniche erano tenute sotto tiro a distanza o avevano all'interno alcuni agenti della Guardia Civil, appostati alle finestre più alte. Dagli abbaini, dai campanili, dai tetti dei fienili, tiratori scelti inquadravano qualsiasi punto in movimento nei cannocchiali dei loro fucili di precisione.

Il 31 dicembre una pattuglia a cavallo notò un filo di fumo uscire dal camino di un casolare abbandonato, nei pressi di Besalú. I militari si avvicinarono con cautela, ma prima che potessero circondare la vecchia costruzione diroccata, una raffica di mitra li costrinse a mettersi al riparo. Subito dopo, cinque uomini si dileguarono nella boscaglia. La notizia si propagò via radio in tutta la regione: localizzato Sabaté e il suo gruppo, massima allerta, convergere sulla zona.

Il 3 gennaio, domenica, il distaccamento della Guardia Civil incaricato di occupare l'eremo del Castillo de la Mota, nei pressi di Gerona, individuò con i binocoli il gruppo che entrava nella casa dei contadini Juan Sala Matas e Balbina Alonso. La coppia offrì ospitalità ai guerriglieri braccati malgrado le minacce dei militari agli abitanti della regione, che sarebbero stati passati per le armi se non avessero immediatamente avvertito il più vicino comando della presenza del gruppo. In poco tempo la casa fu completamente circondata da oltre cento uomini. Verso mezzogiorno Quico e due compagni uscirono sull'aia. Si scatenò l'inferno. Uno dei tre cadde crivellato di colpi, senza neppure il tempo di impugnare il mitra. Quico venne ferito a una gamba, ma riuscì a rientrare insieme all'altro compagno superstite. Si asserragliarono dentro e cominciarono a rispondere al fuoco dalle finestre. La pioggia di pallottole squassò mura e vani di accesso, Balbina Alonso ebbe una mano trapassata quando tentò di chiudere un'imposta. Si combatté fino al tramonto, con gli assediati che cercavano di risparmiare le poche munizioni rimaste. Intanto, avevano scavato un buco sotto il pavimento fino a raggiungere la stalla: questa dava sul retro, dove iniziava la collina boscosa. Scese finalmente la notte, ma era di luna piena, una luna nemica, troppo luminosa. Verso l'una, un banco di nubi la oscurò. Quico non perse tempo: dovevano provarci, non avevano scampo lì dentro. Passarono nella stalla, e spinsero fuori una vacca. Gli assedianti spararono centinaia di colpi contro la povera bestia, permettendo ai quattro di guadagnare qualche metro nella direzione opposta. Ma due di loro si misero a correre, offrendo un bersaglio facile: uno dopo l'altro caddero colpiti in più parti. Quico, invece, strisciò carponi, anche perché la ferita alla gamba non gli permetteva di muoversi velocemente. Metro dopo metro, si ritrovò faccia a faccia, nel buio totale, con i militari appostati. E sentì che uno di loro avanzava, sempre strisciando, e ripeteva a bassa voce: "Non sparate, sono il vostro tenente...".

Quando i due furono a pochi centimetri uno dall'altro, Quico sparò un colpo, uccidendolo all'istante. La detonazione si confuse con le scariche di fucileria che laceravano la notte da ogni punto della campagna. Quico riprese ad avanzare, dicendo a sua volta: "Non sparate, sono il vostro tenente". E così riuscì a superare l'accerchiamento, raggiunse la boscaglia e si mise in marcia. Ma non sapeva neppure lui con quali forze riuscisse ancora a reggersi in piedi. A quel punto, oltre alla pallottola nella gamba, aveva anche una profonda ferita al collo che sanguinava copiosamente e uno squarcio nella natica sinistra.

Sfondata la porta della casa colonica, trascinarono fuori i due contadini e gettarono bombe lacrimogene all'interno. L'ultimo compagno di Sabaté, che si era rifugiato nel camino, fu costretto a uscire per non asfissiare. Lo accolsero con un diluvio di pallottole.

I franchisti scatenarono la più grande caccia all'uomo che si fosse mai vista in Spagna. Accorse a parteciparvi anche l'ex comandante della Brigata Politica di Barcellona, Eduardo Quintela, in pensione da qualche tempo. Non voleva perdersi l'occasione di saldare il conto con il nemico di tutta una vita, che lo aveva messo tante volte alla berlina con le sue beffe leggendarie. Quintela, che nutriva un odio ossessivo per Sabaté, aveva addirittura addestrato un segugio a seguirne le tracce, usando per anni oggetti o capi di vestiario appartenuti a Quico e recuperati in qualche rifugio. Il blood hound, in questo caso, poteva fiutare anche il sangue fresco... Ma l'anarchico era sfuggito varie volte ai cani della Guardia Civil, perché aveva preso l'abitudine di portare nello zaino un sacchetto di pepe che anche in questo caso sparse sulle proprie tracce. Il segugio si rovinò l'olfatto impazzendo di starnuti, e Quintela si sfogò prendendolo a calci.

Il 5 gennaio, di primo mattino, Francisco Sabaté raggiungeva la stazione ferroviaria di Fornells de la Selva, a pochi chilometri da Gerona. Resta un mistero come fosse riuscito ad arrivarvi in quelle condizioni. Si arrampicò sulla motrice di un treno locale, mostrò la pistola ai due macchinisti ma li rassicurò: non voleva far loro alcun male, dovevano soltanto portarlo a Barcellona... I ferrovieri gli offrirono la propria colazione perché lo videro sul punto di svenire, poi dovettero spiegargli che il suo intento era praticamente irrealizzabile: per cominciare, a Massanet era previsto il cambio di locomotiva, da quella a vapore a una elettrica, e comunque, più avanti, non avrebbero permesso loro di proseguire dirottandoli su qualche linea morta. Quico si arrese all'evidenza. Prima di entrare nella stazione di San Celoni chiese ai macchinisti di rallentare, e con un enorme sforzo scese a terra, barcollando. Aveva la febbre alta e gli si oscurava la vista sempre più spesso. Doveva trovare un medico. Raggiunse San Celoni grazie a un contadino che lo caricò sul suo carretto. Poi chiese a un'anziana donna incontrata lungo la strada dove abitasse il dottore del paese. Ricevuta l'informazione, bussò alla porta sbagliata e gli aprì un certo Berenguer, che lo respinse in malo modo scambiandolo per un vagabondo, ridotto com'era. Così facendo, l'energumeno sentì che sotto la giubba nascondeva un mitra, e fu preso dal panico. Le pattuglie della Guardia Civil, già allertate, accorsero alle sue urla. Quico diede un morso alla mano di Berenguer, che continuava a strattonarlo e a chiedere aiuto, i tre agenti arrivati per primi spararono senza preoccuparsi di chi colpivano e ferirono il secondo. Quico estrasse la Colt e tirò sul graduato, colpendolo alla coscia: chissà perché, giunto a quel punto senza ritorno, non volle uccidere il suo aggressore e tanto meno il malcapitato Berenguer. Gli altri agenti continuarono a sparare, mentre una seconda pattuglia colpiva Quico alle spalle. Erano le otto e mezzo del 5 gennaio 1960. Francisco Sabaté giaceva in mezzo alla strada, in un lago di sangue, forse agonizzante, probabilmente già morto. I successivi caricatori sparati a bruciapelo ottennero soltanto lo scempio del suo corpo inerte.

Per anni, molti operai delle fabbriche di Barcellona, quelli che si vedevano costretti a mantenere la militanza anarcosindacalista nella clandestinità, rifiutarono di credere alla sua morte, sostenendo che fosse l'ennesima invenzione della propaganda franchista.

"Sarà finito ancora una volta nelle galere francesi, starà

organizzando un nuovo gruppo di combattenti, comunque sia, Quico non può essere morto... Vedrete, quando meno ve lo aspettate tornerà a Barcellona e quelle carogne verranno sbugiardate dai fatti!"

Frasi del genere venivano mormorate in capannelli fuori dalle industrie, nelle mense, nelle bettole frequentate dalla povera gente.

Ma Quico non sarebbe più tornato.

Il mitra Thompson, la pistola semiautomatica Colt calibro 45 e il suo binocolo sono custoditi nel museo della Guardia Civil a Madrid, come trofei di guerra.

3.

Un debito dimenticato

Ci restano quelle tre fotografie memorabili di Robert Capa: una folla di uomini – e qualche donna – che salutano con il pugno chiuso vicino alla fronte, e due primi piani di combattenti che appaiono molto più vecchi della loro probabile età: uno ha la bocca socchiusa in un ultimo canto di lotta perduta, l'altro fissa un punto verso l'alto, con lo sguardo infinitamente triste. Le immagini della sconfitta definitiva. Vennero scattate a Barcellona il 25 ottobre 1938. Sono le migliaia di volontari delle Brigate Internazionali che lasciano la Spagna, obbedendo all'accordo ipocrita che costrinse loro ad andarsene per obbedire a una falsa "non ingerenza", mentre la Germania nazista e l'Italia fascista avrebbero impunemente continuato a sostenere la macchina bellica di Francisco Franco. Sembrano volti di minatori – e chissà quanti di loro lo erano davvero –, con la polvere e il sudore a rendere più forti i contrasti del bianco e nero, facce scure di fango e fumo; qualcuno accenna un sorriso forzato, ottenendo soltanto di apparire più disperato dei compagni seri e cupi. Non c'è un berretto uguale all'altro, anche se prevale il basco di traverso, e di uniformi neppure un accenno: solo due particolari risultano simili in tutti, il fazzoletto al collo e il vuoto negli occhi. Sono sconfitti, superstiti dell'ultimo sogno utopista nell'Europa che si appresta a dimenticarli in fretta. Qualche mese più tardi, li avrebbero seguiti lunghe colonne di profughi, oltre mezzo milione di persone affamate e coperte di stracci, che varcavano i Pirenei sperando nell'accoglienza di una Francia ritenuta dai più un paese amico, e sfuggendo alle esecuzioni sommarie che raggiunsero le proporzioni di un genocidio. Chi non ce la fece ad affrontare l'estenuante esodo a piedi tentò di trovare un imbarco negli ultimi porti non ancora occupati dai falangisti. Ma la fine di ogni speranza, e la coscienza di un futuro tetro, si risolsero per molti in una scelta estrema. Tra le testimonianze di quei giorni disperati, ecco quella dello storico L. Romero:

"Le persone che si pigiavano sui moli di Alicante erano di condizione molto diversa, ma condividevano un destino comune ed erano agitate da identiche correnti di estremo scoraggiamento... La notte accendevano dei falò attorno ai quali si riscaldavano e si assopivano i fuggitivi, le cui speranze sarebbero state frustrate... Non c'è dubbio che nel porto di Alicante vi fu un alto numero di suicidi. Un uomo salì in cima a un lampione, vi restò molto a lungo, parlando come un folle in tono apocalittico. Alcuni dicono che si lanciò sul selciato, altri che prima di cadere si sparò un colpo di pistola... C'era chi si gettava in mare e affogava, e chi una volta in acqua se ne pentiva e chiedeva aiuto. Molti si sparavano. La voglia di suicidarsi si diffondeva come un contagio".

La Francia si dimostrò spietata con gli sconfitti. Già il governo del Fronte Popolare, presieduto dal socialista Léon Blum, aveva mantenuto un atteggiamento ambiguo nei confronti della repubblica, senza imporsi alla tracotanza di Hitler e Mussolini che inviavano truppe, aerei e carri armati a Francisco Franco, e ostacolando continuamente gli acquisti di armi da parte del governo legittimo. Poi, ritiratosi Blum nel giugno del '37 e tornati al potere i conservatori, i rifugiati spagnoli si ritrovarono in un paese che, pur non avendo chiuso le frontiere, li vedeva come una fonte di fastidi insopportabili, scomodi per il piano di normalizzazione nelle relazioni con il governo del Caudillo e, in definitiva, bocche da sfamare in un periodo di crisi. Per mezzo milione di profughi vennero allestiti campi di concentramento dove le baracche, il cibo scarso e infame, nonché la disciplina feroce, li avrebbero resi alquanto simili ai campi di sterminio nazisti. Dietro quel filo spinato c'era un diciannovenne antifascista di nome Eulalio Ferrer. Oggi ha ottant'anni, vive a Città del Messico, e ha recentemente chiesto le pubbliche scuse della Francia.

Per lui, quei giorni furono di "schiavitù", senza mezzi termini.

"La Germania ha chiesto perdono per l'Olocausto. E la Francia cosa aspetta? Quale spiegazione può darci per le vessazioni, le umiliazioni, i maltrattamenti e la follia? Perché furono in molti a perdere la ragione di fronte a tanto orrore, e quando successivamente ne deportarono qualche migliaio in Algeria, c'era sempre qualcuno che si metteva in testa il cappello malconcio, il fagotto con i miseri averi in spalla, e salutava dicendo: 'Ci vediamo, laggiù mi aspettano'. E si incamminava sulla spiaggia verso l'orizzonte, entrava in acqua, e affogava tra le onde... Ricordo nel nostro campo in Francia un violinista dell'Orchestra Sinfonica di Barcellona, che aveva miracolosamente conservato il proprio strumento. Tutte le sere faceva il giro delle baracche, suonava un paio di brani in ognuna, e salutando ripeteva immancabilmente: 'Ci rivediamo domani alla stessa ora al Teatro Liceo, sulle Ramblas, non mancate'."

Eulalio Ferrer era giovane e robusto, riuscì a resistere grazie alla sua forte tempra. Varcando la frontiera, aveva dato il suo cappotto al poeta Antonio Machado, vedendolo riverso su un lato della strada, sfinito e ammalato, con la vecchia madre in condizioni non certo migliori delle sue.

"I primi giorni furono tremendi. In pieno inverno, dormivamo sulla terra gelata dei Pirenei..." Ma allora non avrebbe mai immaginato di dover subire anni di privazioni e "schiavitù". Pochi mesi dopo, il governo francese offrì agli sconfitti tre sole alternative: tornare nella Spagna di Franco, arruolarsi nella Legione Straniera, o rassegnarsi ai campi di lavoro forzato. Che venivano chiamati proprio così, senza eufemismi. Circa centocinquantamila decisero di rientrare: la maggior parte finì davanti a un plotone d'esecuzione, gli altri avrebbero affrontato lunghi anni di carcere, dove comunque la fucilazione sarebbe sempre stata *pendiente*. Qualche migliaio accettò l'arruolamento nella Legione – mentre chi riuscì a fuggire dai campi si unì ai *maquis*, i partigiani francesi –, andando a combattere su diversi fronti, ed evitando così di poco l'invasione tedesca e quindi il governo di Vichy capeggiato dal collaborazionista Pétain. Ufficialmente al seguito di De Gaulle, e di conseguenza in forze agli Alleati, i legionari spagnoli combatterono nella liberazione della Norvegia e della Grecia, a El Alamein contro Rommel, parteciparono allo sbarco in Sicilia e all'assedio di Montecassino. I tre quarti di loro perirono in battaglia, basti pensare che solo nell'invasione di Creta si contavano cinquemila repubblicani spagnoli inquadrati in una divisione paracadutisti: ne sopravvissero diciassette...

Eulalio Ferrer fu tra quanti si rassegnarono ai lavori forzati, che si calcolano da settantamila a novantamila uomini. Chiuso nei carri bestiame, venne trasferito nella famigerata Compagnia 168, sul Lago Loiret – in quel periodo ghiacciato –, nel Massiccio Centrale.

"Dovevamo scavare a mani nude, che sanguinavano, e le curavamo orinandoci sopra. Lavoravamo dalle sette del mattino alle sette di sera, per costruire una fabbrica di prodotti chimici. La 'paga' era di un franco al giorno, cioè il costo di un francobollo per la posta ordinaria locale... Non bastava neppure per scrivere all'estero. Gli 'alloggi' erano recinti per maiali, tre uomini in ognuno, e i pidocchi, un tormento incessante: pieni di piaghe dappertutto... Per sbarazzarcene facevamo il bagno in un buco scavato nella superficie ghiacciata del lago. Ma solo i più giovani e ancora in forze potevano permetterselo. In tanti morivano di polmonite, dissenteria... Vedevamo passare continuamente le barelle con i cadaveri sopra."

Poi, un giorno, la speranza di tornare a vivere si presentò sotto forma di una lettera dell'ambasciatore del Messico Luis Rodríguez, che su ordine del presidente Lázaro Cárdenas offriva al governo di Vichy ospitalità ai rifugiati spagnoli, incaricandosi anche del loro trasferimento in nave. La prima reazione del maresciallo Pétain al diplomatico messicano fu testualmente: "Mi stupisce che siate disposti ad accogliere quell'esercito di topi di fogna".

Il presidente Lázaro Cárdenas riuscì nel suo intento. Per Pétain, quei "topi di fogna" erano un fastidio di cui si liberava volentieri.

Dopo due tentativi, Eulalio Ferrer – ostacolato da una schedatura come disertore per aver tentato la fuga dal campo – si imbarcò a Le Havre e arrivò sulla costa veracruzana, nei pressi di Coatzacoalcos. Oggi, a ottant'anni, si fa intervistare nella sua vasta biblioteca chiedendo dai giornali messicani – per primo "La Jornada" – che la Francia si scusi ufficialmente. Non vuole risarcimenti, vuole sconfiggere l'oblio: che il mondo ricordi come furono trattati i rifugiati spagnoli della guerra civile. In Messico ha trovato una seconda patria. Eulalio Ferrer è uno dei tanti anonimi antifranchisti che nel porto di Veracruz hanno innalzato un monumento, costituito da una semplice lastra di bronzo con scritto: "Gracias, México".

4.

Mimma

In via Andrea Costa, a pochi passi da casa mia, c'è una lapide che ricorda il punto in cui sorgeva la palazzina con l'infermeria clandestina dei partigiani: qui vennero portati i feriti della battaglia di Porta Lame, quattordici gappisti che, in seguito a una delazione, furono scoperti dai fascisti e fucilati. Proseguendo verso la periferia, si arriva all'angolo con il cimitero monumentale della Certosa: sulla sinistra inizia via Irma Bandiera, che termina al Meloncello, dove passa "il portico più lungo d'Europa", seicentosessantasei archi su colonne per quasi quattro chilometri, a congiungere il centro storico con il santuario di San Luca, sulla cima di un colle, dove da secoli è custodita l'immagine sacra della Madonna protettrice dei bolognesi. Il dipinto venne trasferito per la prima volta in città nel 1302, nella speranza che riportasse la pace in una delle tante dispute sanguinose tra potenti famiglie rivali. Da allora, la processione si sarebbe tenuta ogni anno. Finché, nel XVII secolo, impossibilitata a tornare sul colle per un furioso temporale, la Vergine Maria venne lasciata chiusa nella basilica di San Petronio. L'indomani, l'avrebbero ritrovata al suo posto nel santuario, perfettamente asciutta: i fedeli ne dedussero che erano stati gli alberi a proteggerla dalla pioggia, piegandosi ad arco lungo il cammino... Così, decisero di costruirle il lungo porticato, e la tradizione vuole che nel giorno del trasferimento a Bologna debba sempre piovere, cosa che in effetti accade, con rare eccezioni.

Quel 14 agosto 1944 la Madonna chiuse gli occhi, anche se nessuno se ne accorse, per non vedere il corpo martoriato di Irma Bandiera che i fascisti gettarono sotto la finestra di casa sua, al Meloncello, dopo sette giorni e sette notti di tormenti e mutilazioni. Neanche l'agonia di suo figlio era durata tanto, neppure a Gesù avevano inflitto tanti supplizi. Anche qui c'è una lapide: "Il tuo ideale seppe vincere le torture e la morte...".

Il tuo ideale, Irma. C'è forse ancora qualcuno che se lo ricorda, che sappia cosa fosse l'ideale per cui hai resistito a tanto scempio senza dire una parola, in questa Bologna che dimentica in fretta, questa Bologna sempre più ricca e sempre meno sensibile, dove a parlare di ideali ti fanno sentire vecchio e superato, residuo del passato ormai da "rottamare"...? Qualcuno sì, ma così raro. Qualcuno che anche oggi ha rinnovato un fiore fresco sotto il rettangolo di marmo ingrigito dagli anni, slavato dalla pioggia, senza un portico a proteggere la memoria.

Ho davanti a me una strana fotografia. Strana per la sua assoluta normalità. Forse perché le immagini dei partigiani più diffuse li raffigurano in gruppo con le armi e le improbabili divise rabberciate, le une e le altre recuperate e riadattate, su sfondi di montagne o cascinali, oppure sono fototessera anni quaranta, volti quasi sempre seri, raramente sorridenti, comunque in posa per finire su un documento d'identità. Nella fotografia che ho davanti, Irma è appoggiata a un muretto che recinge un giardino alle spalle, un cagnolino ai suoi piedi, il vestito a fiori probabilmente variopinti, le scarpe bianche dai tacchi alti, la collana di perle intorno al collo: sorride discreta, schiudendo le labbra rese scure dal rossetto, i capelli impeccabilmente pettinati, e tutto in lei esprime ciò che era, cioè "una ragazza di buona famiglia", come si diceva allora, della piccola borghesia bolognese, una giovane donna a cui la vita poteva riservare agiatezza, tranquillità, se mai avesse fatto come la maggioranza dei suoi concittadini e dei suoi connazionali: le sarebbe bastato restare a guardare, come fa verso l'obiettivo, o meglio ancora non vedere e non sentire, senza scosse, senza coinvolgimenti... Senza un ideale.

Se Mussolini non avesse trascinato l'Italia in guerra, sarebbe probabilmente morto di vecchiaia come Francisco Franco, a meno che qualche giovane anarchico non fosse riuscito dove altri fallirono... Anche a Bologna qualcuno sparò un colpo di pistola contro il Duce in visita ufficiale. Era il 3 ottobre 1926, e i fascisti linciarono un ragazzo di quindici anni, Anteo Zamboni, senza che si sia mai potuto stabilire se fosse stato davvero lui a premere il grilletto. Comunque, la pallottola mancò il bersaglio, e il Sommo Pontefice dichiarò pubblicamente: "Questo è un nuovo segno che Mussolini gode della protezione di Dio". Certo non tutti gli italiani erano d'accordo con la provvidenza sancita dal papa, ma quelli disposti a combattere per rovesciare il regime sarebbero sempre rimasti un'infima minoranza, e soltanto il disastro del conflitto mondiale avrebbe trascinato con sé la dittatura, facendo sbocciare come per incanto un numero incredibile di antifascisti dell'ultima ora.

Nel 1944 il fascismo non era più quello dei tardi anni venti, quando infliggeva agli avversari politici intollerabili soprusi e violenze, a base soprattutto di manganellate e olio di ricino; ricorreva all'omicidio sporadicamente, dopo l'inizio di guerra civile che aveva preceduto la presa del potere. Vedendo sgretolarsi tutti i vagheggiamenti di vittorie e trionfi, con le città flagellate dai bombardamenti a tappeto e la popolazione stremata e sempre più ostile, il fascismo si abbandonò alle stesse efferatezze che avrebbero in seguito contraddistinto i regimi di ideologia affine in Cile, Argentina, Guatemala, e tanti altri paesi latinoamericani, non a caso infestati da migliaia di gerarchi nazisti rifugiatisi laggiù dopo la sconfitta. Con l'entrata in guerra saltarono tutti i precari equilibri, e le successive disfatte trasformarono i baldi giovanotti di ieri in belve sanguinarie, capaci di abominevoli bassezze nei confronti di prigionieri inermi. Una parte di loro si era forgiata alla pratica del massacro di civili indifesi nelle campagne d'Africa, con l'impiego dei gas sui villaggi e la macabra consuetudine di farsi immortalare sorreggendo teste mozzate di ribelli; e poi in Spagna, dove, malgrado qualche batosta ricevuta, alla fine l'efficienza di tre poderose macchine da guerra – Franco, Mussolini e soprattutto Hitler – aveva avuto la meglio su un popolo in armi per giunta lacerato dalle lotte intestine tra stalinisti e rivoluzionari. Da quelle imprese erano usciti vittoriosi, ma nel 1944 avvertivano ormai l'avvicinarsi della fine. E si sentivano traditi dagli italiani, dai "milioni di baionette", prima sbaragliati sul campo e poi inclini al "disfattismo" o addirittura alla ribellione... Il loro fu un cammino simile ma inverso rispetto a quello dei militari fascisti argentini, così efficienti e disciplinati quando si trattò di far scomparire nel nulla trentamila persone inermi, dopo spaventosi supplizi, per poi correre a braccia alzate incontro ai soldati inglesi nelle Falkland, facendo una figura così miserabile che da allora non vale neppure più la pena chiamarle Malvinas, quelle isole del disonore...

Dall'Africa e dalla Spagna, ma anche dalla Iugoslavia, i fascisti italiani erano tornati credendosi pari o persino superiori ai "giovani leoni teutonici". Adesso, nel 1944, reagivano con la ferocia dei frustrati al proprio fallimento politico e morale.

Quello che fecero a Irma Bandiera per sette giorni e sette notti non fu certo, purtroppo, un caso isolato. Tutt'altro.

In famiglia la chiamavano Mimma. Quando nacque, nel 1915, il padre veniva arruolato per la Grande Guerra, che di grande ebbe soltanto il massacro di contadini dall'una e dall'altra parte della trincea. La madre, disperata per la partenza forzata del marito, si consolava dicendole: "Meno male che sei femmina, almeno tu non andrai in guerra...". E invece, quella guerra avrebbe lasciato tornare l'uomo di casa, mentre la successiva si sarebbe presa proprio Mimma.

Durante il ventennio fascista, Irma Bandiera cresceva al riparo dalla violenza, protetta dall'appartenenza a una famiglia benestante che, pur coltivando ideali democratici, non si esponeva manifestandoli apertamente. L'hanno descritta come una ragazza allegra, generosa, dal carattere calmo e riflessivo, mai un colpo di testa, mai un gesto avventato. Qualcuno l'ha definita "una signorina sofisticata". Quando l'Italia entrò in guerra Irma aveva venticinque anni. Poteva unirsi agli sfollati scegliendo una dimora in campagna sufficientemente agiata e confortevole, non le mancavano i mezzi e le conoscenze per risparmiarsi la paura dei bombardamenti e la penuria della vita quotidiana in città. Invece, cominciò a frequentare gli ambienti antifascisti bolognesi all'insaputa dei genitori, e quando fece il grande passo, diventando militante dei GAP, staffetta partigiana e poi combattente della 7ª Brigata, andava e tornava da casa per partecipare ad azioni rischiose senza che loro sospettassero nulla.

La catturarono il 7 agosto 1944. Tornava da una consegna di armi alla base di Castelmaggiore, e portava con sé documenti cifrati. Per i carnefici aveva una doppia colpa: si rifiutava di rivelare i nomi dei compagni ed era donna. Si alternarono su di lei in tanti, ognuno inventando nuovi tormenti e sevizie innominabili, ma la Mimma non parlava. La baldanza si tramutò in livore e frustrazione: avevano fatto parlare tanti uomini, spesso grandi e grossi, robusti come tori, cocciuti come muli, e quella lì... una donnina così esile, niente. Non apriva bocca. E li fissava con quei suoi grandi occhi che risaltavano sul viso magro e la fronte ampia... Li guardava con un muto disprezzo, tutto il disprezzo del mondo concentrato in quegli occhi. Così la accecarono.

Era ancora viva quando il 14 agosto gli aguzzini la scaraventarono sul marciapiede, al Meloncello, sotto la finestra dei genitori. Uno disse: "Ma ne vale la pena? Dacci qualche nome, e potrai entrare in casa, farti curare... Dietro questa finestra ci sono tua madre e tuo padre".

Mimma non rispose. La finirono con una raffica di mitra, e se ne andarono imprecando.

Nell'Istituto della Resistenza ho letto la testimonianza di un compagno di Irma Bandiera che faceva parte del suo gruppo, un partigiano chiamato Cestino. Appresa la notizia della cattura, si pose il problema se abbandonare i rifugi da lei conosciuti. È sempre stato così, in qualsiasi lotta di resistenza a dittature in qualsiasi parte del mondo. Tutt'al più, dal combattente caduto ci si aspetta qualche ora di silenzio, per dare il tempo agli altri di fuggire, ma poi non si può pretendere da nessuno che sopporti le torture fino alla morte. Cestino disse: "La conosco, la Mimma, lei non parlerà". E rimasero dov'erano.

Ho provato uno strano sentimento, abbastanza simile alla rabbia, ma diverso. Una sorta di delusione nei confronti dell'amicizia, che doveva unirli quanto e più degli stessi ideali. Che diritto avevano di darlo per scontato? Come si può pensare che un essere umano resista per sette giorni e sette notti a tanto orrore? Mimma lo ha fatto. Non ha parlato. Nessun altro venne catturato.

Ma se avesse ceduto allo strazio del corpo e alle abominevoli umiliazioni inflitte al suo spirito, se Mimma avesse parlato... sarebbe forse meno limpida la sua figura, meno giusto il bisogno di conservarne la memoria?

Nessuno aveva il diritto di pretenderlo, e neppure di aspettarselo.

5.

Tamarita

La soldatessa è di una bellezza solare, così intensa e sensuale che neppure l'incongruente berretto con stemma dorato e l'alta uniforme da parata riescono a sminuire. Il passo marziale non può nulla contro quelle labbra carnose e quegli occhi ardenti, scuri, che sorridono alla vita malgrado lei si imponga un'espressione severa. La soldatessa è innanzitutto una bellissima donna cubana, orgogliosa e fiera di essere entrambe le cose: ufficiale dell'esercito rivoluzionario e florida rappresentante del meticciato che l'ha resa così attraente. Chissà se avrà influito di più il primo o il secondo aspetto della sua persona, nella scelta di affidare a lei quella cassettina di legno pregiato, che adesso porta sulla spalla, avvolta nella bandiera cubana. E chissà se Tania avrebbe voluto questo epilogo, sapendo come la pensava il Che a tale proposito: un guerrigliero deve riposare là dove cade...

Perché dentro la cassettina portata in spalla dalla soldatessa ci sono i suoi resti. "Tania la Guerrigliera" è tornata nella Cuba che tanto amava, solennemente inumata nel mausoleo di Santa Clara, accanto alle ossa di Ernesto e di altri compagni di quell'ultima impresa. Ossa strappate al fango di Bolivia, chiuse in piccole casse di mogano, e trasportate fin qui, sull'isola che ha perso l'incanto ma non la dignità, in questa costruzione maestosa, ciclopica, di cui probabilmente sia Tania che Ernesto avrebbero riso come ragazzini discoli, se l'avessero vista da qualche parte del mondo e destinata a qualcun altro. Non posso negare che tutto sia così struggente, che nell'aria si respiri una sensazione di orgoglio dimesso e sincero dolore, di *emoción compartida*, e sarà anche perché vedo tanta gente in lacrime, per la maggior parte persone anziane, cioè coetanei dei guerriglieri a cui quelle ossa sono appartenute: loro rimarranno eternamente giovani nel ricordo, perché sotto il fango di Bolivia ci finirono molto prima o poco prima di compiere quarant'anni. Adesso persino gli occhi della bellissima soldatessa brillano, e non credo proprio che dipenda dal sole o dall'umidità di quest'aria caribica.

Non lo so... Forse l'immenso mausoleo servirà anche a rinnovarne la memoria alle scolaresche in visita, certo non ai loro coetanei cubani che non dimenticano e oggi piangono e dicono frasi come: "Dev'esserci un paradiso dei guerriglieri, dove si saranno ritrovati con il comandante...". Non so cosa fosse giusto fare, ricordando che "un guerrigliero *dovrebbe* riposare là dove cade".

E al tempo stesso, penso che se qualcuno cercasse e riesumasse i resti di Camilo Torres, almeno il mondo sarebbe costretto a ricordare che in Colombia un sacerdote è caduto combattendo nel nome del Vangelo. Servirebbe almeno a questo. Perché in fondo, anche di Tania la Guerrigliera si ricordano in pochi, in questo mondo governato dalla regola dell'oblio precoce...

Si chiamava Tamara Bunke, Tamarita o semplicemente Ita, come si firmava nelle lettere ai genitori. Era nata il 19 novembre 1937 in Argentina, dove la famiglia era emigrata per sfuggire alle persecuzioni naziste: il padre Erich e la madre Nadia, entrambi militanti comunisti di Berlino, dopo l'incendio del Reichstag avevano deciso di espatriare con il primogenito Olaf, nel 1935, perché oltre all'attività politica clandestina, Nadia era ebrea e la Gestapo lo aveva recentemente scoperto. Il giorno stesso in cui i nazisti stavano per arrestarli, i tre ripararono in Francia e da lì si imbarcarono per Buenos Aires.

Tamarita sarebbe così cresciuta nell'ambiente degli esiliati tedeschi d'Argentina, imparando ben presto a tacere con gli estranei riguardo le discussioni che ascoltava in casa, dove i genitori custodivano propaganda e documenti, organizzavano riunioni e sognavano il giorno in cui Hitler e il nazismo sarebbero stati finalmente travolti e loro avrebbero potuto tornare in Germania. Cosa che fecero nel 1952, dando il tempo a Tamara di sentirsi argentina, anzi, latinoamericana per tanti motivi e tutti egualmente profondi, un'impronta indelebile che avrebbe segnato le scelte future. A quattordici anni Ita era una ragazzina molto intraprendente e vivace, con un volto dal sorriso aperto e allegro che preannunciava già la donna attraente che sarebbe diventata. Dimostrò fin da piccola un talento straordinario per la musica, iniziando a suonare il piano, quindi la fisarmonica e anche la chitarra. Trasferirsi nella Germania dell'Est non l'allettava un granché, ma per quanto giovane possedeva una precoce forma di autodisciplina, si professava rivoluzionaria senza alcuna retorica e seguiva con attento interesse gli eventi politici internazionali. In quanto alla situazione argentina, i genitori non nutrivano certo alcuna simpatia nei confronti di Juan Domingo Perón, e comunque nel 1952 Evita morì, lasciando la strada sgombra alle mire dei militari di destra e all'oligarchia. La Ddr, la Repubblica Democratica Tedesca, per la famiglia Bunke rappresentava una sorta di terra promessa, il socialismo da costruire e per cui lavorare alacremente: dunque era giunto il momento di emigrare una seconda volta, affrontando il tragitto inverso. Quello stesso anno un altro giovane argentino, allora ventiquattrenne, partiva in motocicletta da Buenos Aires con un amico per attraversare l'intero continente latinoamericano. Si chiamava Ernesto Guevara de la Serna, e il destino, che non li aveva fatti conoscere finché vivevano nella stessa città, avrebbe legato lui e Tamara nelle esperienze decisive dell'esistenza di entrambi, finendo per unirli nella morte.

Nel 1952 Berlino era ancora una città ingombra di macerie e cantieri per la ricostruzione, che cominciava a risollevarsi dal disastro della guerra. Nadia e Erich Bunke trovarono lavoro come insegnanti in una cittadina siderurgica non lontana dalla frontiera con la Polonia, Eisenhüttenstadt, mentre i figli Olaf e Tamara ripresero ad andare a scuola, reimparando il tedesco nel giro di pochi mesi. Per i primi tempi dovettero adattarsi a vivere in un edificio non ancora ultimato, senza elettricità né acqua corrente. Poco alla volta, con tenacia e tanti sacrifici, i Bunke si sistemarono decorosamente. Tamarita sentiva la mancanza di

Buenos Aires, del mare, della musica: solo quest'ultima nostalgia poteva essere mitigata, trascorrendo ore e ore a suonare fisarmonica e chitarra, grazie anche agli inseparabili spartiti che portava sempre nel suo zaino, come avrebbe fatto anche in futuro, ovunque andasse. E cominciò ad appassionarsi a un altro "suono", quello delle armi da fuoco: divenne ben presto la miglior tiratrice del suo liceo, partecipò a gare regionali e nazionali, arrivando infine a essere nominata istruttrice di tiro nell'Associazione per lo Sport e la Tecnica, organizzazione giovanile dove avrebbe imparato anche a guidare motociclette, auto e camion, a usare un telegrafo, una radio da campo e così via, nella stretta relazione tra vita civile e militare allora imperante nella Ddr. Tamarita si distingueva in ogni attività, ma mai come "prima della classe", sempre in sintonia con i compagni, dimostrando un notevole carisma basato sulla simpatia e non sui meriti riconosciuti. Eppure... la Germania dell'Est restava per lei una tappa intermedia, il paese dove i genitori si erano rifatti una vita, non certo il luogo in cui pensava di trascorrere l'esistenza. L'America latina continuava a esercitare su di lei un richiamo irresistibile. E a Cuba un manipolo di rivoluzionari stava conquistando consensi e si apriva il cammino sulle montagne della Sierra Maestra, guidato dai fratelli Fidel e Raúl Castro, da Camilo Cienfuegos, da Celia Sánchez... e da un suo "compatriota": Ernesto Guevara. E proprio in quei giorni, combattendo contro l'esercito del dittatore Batista, veniva scherzosamente soprannominato dai compagni "Che" per l'intercalare tipico degli argentini. Il 1° gennaio 1959 le colonne dei *barbudos* entravano all'Avana. Per tutti i diseredati dell'America latina era l'inizio di un sogno, l'accendersi di un'immensa speranza. Per i rivoluzionari di ogni angolo della Terra, Cuba rappresentava un punto di riferimento irrinunciabile. Tamara Bunke prese un aereo diretto all'Avana l'11 maggio 1961.

Molti dei cubani e delle cubane che la frequentarono sull'isola caribica sono ancora vivi, e descrivendo Tamara fanno a gara nel cercare le immagini più adatte a trasmettere il suo entusiasmo contagioso, pari alla serietà e all'impegno assoluto con cui affrontava qualsiasi lavoro o progetto comune. "Aveva sempre qualcosa da fare, era molto dinamica, ma non per questo trascurava la sua persona, al contrario, aveva un aspetto così attraente...", "Occhi azzurri e capelli biondi, una voce dolce e movenze eleganti... Molto graziosa, molto femminile...", "Aveva una risata profonda, irresistibile come la sua voce...".

Tamara lasciò un ricordo indelebile in ogni persona che la conobbe. E il Che avrebbe notato ben presto quella ragazza che voleva sempre sapere tutto di tutto, con precisione e spirito critico, che organizzava gruppi di studio sulla realtà argentina e accarezzava la speranza di formare un primo nucleo combattente tra la pampa e la Cordigliera delle Ande... Entrò in contatto anche con Carlos Fonseca Amador, fondatore del Frente Sandinista de Liberación Nacional, valutando la possibilità di unirsi alla guerriglia nicaraguense. Un giorno partecipò ai lavori di costruzione di una scuola nel quartiere del Vedado, dove due brigate di volontari cominciarono a competere tra loro nel trasportare sacchi di cemento e mattoni. In una delle due c'era il comandante Guevara, che intraprese una gara scherzosa – quanto sfibrante – con Tamara: alla fine lei si dichiarò vinta, e andando a sedersi per la meritata pausa, afferrò una chitarra e si mise a cantare. Il Che, famoso anche per l'assoluta mancanza di orecchio musicale, la ascoltava estasiato, e Tamara disse sorridendo: "Adesso sì, comandante, credo che in questo non possa proprio superarmi".

Un anno più tardi, nel maggio del 1962, arrivò a Cuba una folta delegazione di argentini, per i quali il Che volle organizzare una festa di benvenuto. E preso come sempre da mille impegni, disse frettolosamente a una compagna: "Cercatemi quella ragazza argentina, Tamara, che canta e suona la chitarra in modo incantevole...".

Nel marzo del 1963 il Che avrebbe nuovamente pensato a lei per offrirle un incarico della massima importanza: ma la musica non c'entrava per nulla. In soli due anni Tamara si era guadagnata il rispetto dei massimi vertici politici e militari – che spesso erano le stesse persone – e una fama di militante accorta, discreta, forse un po' ribelle alla disciplina ma straordinariamente affidabile. Inoltre, parlava diverse lingue, era un'ottima tiratrice, si distingueva nell'addestramento alla guerriglia e manifestava il desiderio di dedicarsi completamente al servizio della rivoluzione. Da quel giorno Tamara Haydée Bunke cessava di esistere: per i compagni, diventava Tania, e per il resto del mondo, sarebbe stata tante donne diverse sotto nomi differenti, fino ad assumere l'identità di Laura Bauer.

Iniziò così un lungo e minuzioso addestramento al lavoro clandestino, con istruttori delle Forze Armate Rivoluzionarie inflessibili ma al tempo stesso meravigliati dalle sue capacità istintive. Tania, assumendo una doppia personalità, portò a termine nel migliore dei modi varie missioni simulate in altre città cubane, eludendo la sorveglianza dei migliori agenti del controspionaggio per imparare a operare in territorio nemico e in assoluta solitudine. Alla fine di marzo del 1964, Ernesto Che Guevara la convocò nel suo ufficio al ministero dell'Industria. Parlarono per ore e ore dell'America latina, dei movimenti di liberazione, della lotta armata, della difficile situazione che avrebbe dovuto affrontare un esiguo corpo di spedizione in un paese dove si sarebbe acceso un *foco* guerrigliero senza poter contare, almeno all'inizio, sull'appoggio del movimento locale... Ma non alludeva all'Argentina, né al Nicaragua, paese per cui Tania si era addestrata a combattere tempo addietro. La sua missione sarebbe stata quella di inserirsi nella società boliviana per preparare il campo a un'azione di vaste proporzioni. In tal caso, non avrebbe potuto contare sull'aiuto di nessuno, evitando contatti con qualsiasi organizzazione o singolo militante rivoluzionario, e soprattutto avrebbe dovuto diffidare di chiunque, compresi i membri del Partito comunista boliviano. Qual era la sua risposta? Tania non ebbe bisogno di prendere tempo per riflettere e decidere. Disse soltanto: "Aspetto di conoscere i dettagli della missione e di ricevere l'ordine di partire".

Quella risposta non la diede a cuor leggero. Cuba non era soltanto la sua patria elettiva, il sogno da concretizzare e difendere, il luogo in cui si sentiva realizzata e stimata. A Cuba c'era l'amore della sua vita, l'uomo che avrebbe sposato, se non fosse stata mandata in missione all'estero. Lei lo chiamava "Negrito", e la loro relazione veniva tenuta da entrambi nel più assoluto riserbo. Perché Negrito era in realtà Ulises Estrada Lescaille, già combattente del Movimiento 26 de Julio, poi comandante dell'Ejercito Rebelde, e attualmente alto dirigente dei Servizi di sicurezza del ministero degli Interni cubano. Ulises e Tamara si erano innamorati durante l'addestramento, infrangendo la regola di evitare qualsiasi coinvolgimento sentimentale tra agenti operativi. Per di più, lui era il suo diretto superiore... A un certo punto, stanchi di fare gli amanti clandestini, avevano deciso di parlarne con Piñeiro, l'ormai leggendario "Barbarossa" a capo del controspionaggio cubano, spiegandogli che la loro non era un'infatuazione ma un rapporto profondo, e ottenendo, più che la sua "autorizzazione", l'amichevole comprensione.

Ora Tania si apprestava a lasciare Cuba senza sapere quando sarebbe potuta tornare, e dovette anche diradare le frequenti lettere ai genitori in Germania, in una delle quali accennò al proposito di sposare il suo Negrito una volta conclusa la missione...

Si calò nella nuova identità con una tale convinzione e cura dei dettagli da diventare insospettabile: si costruì persino i ricordi di infanzia, sempre come argentina figlia di tedeschi ma proveniente da una famiglia molto religiosa, conservatrice e disinteressata alla politica: lo sforzo più grande sarebbe stato evitare di stringere amicizia con persone di sinistra e frequentare soltanto la media e alta borghesia boliviana, arrivando addirittura a ottenere la fiducia di settori reazionari molto vicini al potere. Fu così abile nell'inventarsi la professione di etnologa specializzata in studi antropologici, archeologici e in musiche folkloristiche, da ottenere un lavoro esterno presso il ministero della Progettazione e Pianificazione boliviano, grazie al quale lo stato le concesse documenti di identità intestati a Laura Bauer. A un certo punto riuscì addirittura a organizzare una mostra sulla musica e i costumi tipici boliviani a La Paz, molto apprezzata dagli esperti in materia.

Il suo lavoro clandestino per preparare il campo al contingente di guerriglieri cubani fu prezioso, estremamente efficace e proficuo. Nel novembre del 1966 il Che arrivò in Bolivia, con un'identità insospettabile e un aspetto esteriore irriconoscibile. Dopo una breve sosta in una base approntata da Tania, si trasferì in un accampamento nella selva. Iniziava così la tragica impresa boliviana.

Il Che si raccomandò più volte di non "bruciare" Tania: era troppo preziosa per impiegarla in azioni scoperte, doveva assolutamente restare in ombra e continuare a offrire il suo indispensabile appoggio. Nel gennaio del 1967 la mandò in Argentina per coordinare l'arrivo di alcuni volontari dal paese sudamericano. Al ritorno, in marzo, accompagnò Ciro Bustos, Régis Debray e altri combattenti all'accampamento. Nonostante gli ordini del Che di restare a La Paz, non aveva potuto fare altrimenti perché non c'era nessuno disponibile e i nuovi arrivati non potevano fermarsi più a lungo senza rischiare di essere individuati. Nel frattempo, due disertori boliviani vennero catturati dai rangers e interrogati, con l'intervento di agenti operativi della Cia, ottenendo informazioni che portarono alla scoperta di una jeep, quella usata da Tania, e alla successiva individuazione del suo appartamento a La Paz. Fu l'inizio della fine.

A quel punto, Tania rimase con i guerriglieri. Il Che le consegnò un fucile M-1 e la prese nella sua colonna. Il 16 aprile Tania aveva la febbre alta, e rimase con il gruppo di Joaquín, il maggiore cubano Juan Vitalio Acuña Núñez. Il 17 aprile 1967 Ernesto Che Guevara divise i guerriglieri in due colonne, l'avanguardia e il centro sotto il suo comando, e la retroguardia di tredici combattenti affidata a Joaquín, con Tania e altri quattro ammalati. Per dieci giorni gli elicotteri mitragliarono e lanciarono razzi nella zona, poi vi fu un bombardamento aereo, e infine intervennero i rangers in forze. Il 20 aprile vennero catturati Debray e Bustos. Nei mesi successivi i guerriglieri tentarono di sganciarsi dagli accerchiamenti ingaggiando brevi scontri a fuoco e subendo continue perdite. Erano allo stremo, senza cibo e con poche munizioni. Alla fine di agosto la retroguardia arrivò sul Río Grande, dove un contadino si offrì di aiutarli: era in realtà un informatore dei militari. Il 31 agosto 1967 un'intera compagnia del 12° Reggimento si schierò a Vado del Yeso, nel tratto in cui il Río Grande scorre incassato tra le rocce. Il delatore li salutò frettolosamente e si allontanò. Quando i nove guerriglieri entrarono in acqua per guadare, furono inquadrati da decine di fucili e mitragliatrici. Per la prima volta, i soldati videro la donna di cui tanto parlavano gli ufficiali: bionda, smagrita e pallida ma ancora bellissima – così l'avrebbero descritta successivamente – in pantaloni mimetici, scarponi anfibi, camicetta a righe bianche e verdi scolorita e lacera, zaino in spalla e fucile a tracolla.

Per primo entrò in acqua "Braulio", il cubano Israel Reyes Zayas, impugnando un machete per aprirsi un varco tra i rovi della riva opposta. Lo seguivano i combattenti boliviani Moisés Guevara Rodríguez, Walter Arancibia Ayala, Apolinar Aquino Quispe, "Ernesto" Freddy Maymura, e "Paco" José Castillo Chávez: quest'ultimo, avevano deciso di lasciarlo andare per la sua strada appena possibile, essendosi dimostrato privo di motivazioni a continuare la lotta; i cubani "Alejandro" Machín Hoed de Beche e "Joaquín", che chiudeva la retroguardia; accanto a Tania c'era il medico peruviano José Cabrera Flores detto "El Negro", che aveva ricevuto dal Che la raccomandazione di curare e proteggere la guerrigliera argentina. Braulio raggiunse la sponda, si voltò verso gli altri e alzò il machete per far segno di proseguire: si scatenò l'inferno. I guerriglieri erano tutti in acqua, impossibilitati a difendersi. Soltanto Braulio, prima di essere abbattuto sul bagnasciuga, riuscì a sparare una raffica uccidendo un militare. Gli altri caddero colpiti a morte nel giro di pochi secondi. Joaquín tornò indietro ma fu crivellato sulla riva. Tania alzò il braccio per impugnare l'M-1, e in quel preciso istante venne raggiunta da una pallottola che le attraversò un polmone. Forse ebbe il tempo di sparare qualche colpo, prima di essere trascinata via dalla corrente. El Negro si gettò dietro di lei per tentare di soccorrerla, riuscì ad afferrarla e la tirò faticosamente fuori dall'acqua, dove si rese conto che era ormai cadavere. Poco più tardi fu individuato dai cani che partecipavano ai rastrellamenti: i soldati lo uccisero sul posto. L'unico superstite sarebbe stato Paco, quello che li seguiva come "zavorra inerte", catturato e rinchiuso in una prigione per lunghi anni.

Sette giorni dopo i soldati ritrovarono il corpo di Tania, che seppellirono nel fango. E recuperarono il suo zaino: conteneva alcuni taccuini con liste di brani musicali, in particolare sambe del Nord dell'Argentina, testi di canzoni popolari, un nastro con musiche della Bolivia orientale, pochi capi di vestiario e un piatto di alluminio con un foro di proiettile al centro. Tania, Tamarita, portava con sé, anche in quelle condizioni estreme, la musica latinoamericana che l'aveva accompagnata in ogni istante della sua vita, nei momenti sereni o esaltanti, per superare lo scoramento che anche lei provò di fronte agli onnipotenti mostri camuffati da mulini a vento, negli interminabili giorni di solitudine a La Paz, sui sentieri nella boscaglia dove poteva soltanto rievocare il suono della chitarra o della fisarmonica nel silenzio dei suoi pensieri, e infine nelle acque del Río Grande che la trascinarono a valle...

Un mese più tardi, l'8 ottobre, il Che venne catturato dai rangers, ferito e con il fucile inservibile. L'indomani giunse l'ordine dal governo degli Stati Uniti di ucciderlo subito: inutile illudersi di ottenere qualcosa che non fosse quel suo sguardo carico di muto disprezzo.

Non bastava eliminarli fisicamente: occorreva distruggerne il *mito*, infangarne la memoria, diffondere menzogne che incrinassero l'immagine di idealisti, sognatori, esseri umani spinti dall'utopia a compiere imprese memorabili, uomini e donne dai mille piccoli e grandi difetti come chiunque altro, ma aggrappati – con gioia di vivere o con disperazione, comunque immuni dalle mire di potere – a un'incrollabile dignità, a una coerenza che non li rendeva però miopi e sordi di fronte agli errori compiuti. Ci avevano provato inutilmente con Ernesto Che Guevara: nel periodo in cui era "scomparso nel nulla", perché impegnato nel vano tentativo di aiutare il Congo a trasformare la lotta anticolonialista in rivoluzione, ci fu un crescendo parossistico di illazioni e presunti scoop, con una ridda di assurdità che, rilette oggi, possono far sorridere, ma allora contribuirono a inoculare nell'opinione pubblica internazionale la convinzione che qualsiasi esperienza rivoluzionaria è destinata a trasformarsi in cannibalismo. Con Tamara Bunke fu più facile: da morta, non poteva contrastare le menzogne. Né potevano farlo i cubani, che oltre a non avere voce in capitolo nella manipolazione dell'informazione a livello planetario, erano anche costretti al silenzio per non offrire il fianco alle accuse – in questo caso assolutamente veritiere – di inviare combattenti all'estero in missioni internazionaliste.

Così, Tania la Guerrigliera divenne un agente dei servizi segreti della Germania Est – la famigerata Stasi – nonché del Kgb e, tanto per abbondare in infamia, doppiogiochista per la Cia, figura ambigua a cui attribuire ogni sorta di nefandezze, forse addirittura la stessa fine del Che... In ogni caso, di Ernesto Guevara era stata senza dubbio l'amante, questa Mata Hari pronta a saltare da un letto all'altro – per ottenere informazioni riservate e brandelli di potere personale: nella sarabanda di illazioni pubblicate, le attribuirono rapporti sessuali con ambasciatori e consoli, militari boliviani d'alto rango e ministri di questo o quel governo, addirittura con lo stesso presidente Barrientos... In quanto alle relazioni con il Che, il quotidiano "Welt am Sonntag" sostenne che Tania aveva circuito il comandante su ordine del Kgb, che tramite lei ne spiava le attività politiche. Solo nel 1970 ci fu una prima incrinatura in questa sottile – e al tempo stesso grossolana – opera di denigrazione sistematica: Antonio Arguedas, ex ministro degli Interni boliviano, giunto al termine di una profonda crisi personale tenne una conferenza stampa a La Paz denunciando il fatto che la Cia aveva avviato tale campagna finalizzata a demolire la figura di Tania, costringendolo a far pubblicare sulla stampa nazionale i primi articoli infamanti, dove veniva appunto descritta come agente triplo e amante del Che per secondi fini. Successivamente, una volta messa in moto la macchina della disinformazione mirata, quotidiani della portata del "New York Times" e dell'"Observer" avevano ripreso la "notizia" infarcendola di ulteriori falsità.

Poco importa che le date e i luoghi citati fossero in totale contrasto con gli eventi realmente accaduti – ma solo dopo molti anni si sarebbe potuto ricostruirli e metterli a confronto senza possibilità di equivoci –, perché lo scopo era almeno in parte raggiunto: infondere in quanti nutrivano sentimenti di solidarietà nei confronti dei ribelli, un senso di "sporcizia morale", di confusione, rassegnandosi all'idea che tra guerriglieri e spie di professione, tutto sommato non c'è una gran differenza... Nadia Bunke, la madre di Tamara, ha lottato senza tregua per dimostrare la falsità di queste insinuazioni, ricostruendo minuziosamente l'intera esistenza della figlia, producendo prove inoppugnabili per ristabilire la verità e ottenere persino la sentenza di tribunale che – in ritardo di trent'anni – vieta di "diffondere a mezzo stampa quattordici diverse affermazioni" che costituiscono altrettante calunnie e diffamazioni su Tamara. Per decreto tribunalizio, dunque, è sancito che non fu agente della Stasi né del Kgb né di nessun'altra organizzazione spionistica. Per una madre che all'immenso dolore della perdita ha dovuto aggiungere anche l'insopportabile cumulo di falsità e un fiume di fango sulla memoria di sua figlia, è stata non una vittoria ma un doveroso riconoscimento, per quanto tardivo e ormai smarrito nell'oblio dei più. La ricostruzione della vicenda umana e politica di Tamara Bunke, della sua Ita, è se non altro utile a ristabilire la verità storica sul totale coinvolgimento di Cuba nell'impresa boliviana, come avvenuto prima per quella africana, mentre l'Unione Sovietica e i vari paesi satelliti dell'Est mantennero un atteggiamento che oscillava tra la finta indifferenza e la concreta ostilità: il mondo diviso in due blocchi non prevedeva rivoluzioni nella sfera d'influenza del presunto avversario... Tamara, probabilmente, non ebbe neppure il tempo di addentrarsi in tutto questo: morì prima di compiere trent'anni, combattendo contro un potere che continua, imperturbabile e ineffabile, nella sua opera di genocidio, alternando i massacri sul campo allo sterminio per fame.

La *disinformazia*, oggi più che mai, governa le menti e i cuori di molti, troppi, abitanti dei paesi "civilizzati", convincendoli che, comunque sia, le rivoluzioni finiscono sempre per divorare i propri figli, quindi ribellarsi è vano: l'orizzonte resta irraggiungibile, meglio sedersi e aspettare la fine, immersi nello spavento senza fine delle nostre mille paure quotidiane, instillate a regola d'arte da coloro che temono di perdere osceni privilegi per colpa di chi, da qualche parte di questo strano pianeta, potrebbe ancora preferire il rischio di una fine spaventosa piuttosto che rinunciare a camminare eretto.

6.

Il Serpente Nero

"Con quello che essi chiamano il vero Dio cominciò la nostra miseria. Fu l'inizio dei tributi, delle gabelle alla chiesa, delle rapine e dei saccheggi, delle mischie sui campi di battaglia. Fu l'inizio delle false accuse per colpe mai commesse, l'inizio delle violenze e delle torture. Ecco cosa ci ha dato l'asservimento agli spagnoli e alla chiesa, l'asservimento ai giudici e ai cacicchi, e il nostro popolo è divenuto miserabile, ma non è mai fuggito, non ha chinato la testa al flagello dell'oppressione, ed è rimasto, a immagine e somiglianza di Cristo sulla Terra, vittima degli avvoltoi, dei succhiatori di sangue che vivono nelle città!"

La piazza del villaggio di Cisteil era gremita di gente venuta dalle campagne dell'intera provincia di Sotutá per la festa del santo patrono. L'indio che parlava dall'alto di un carro aveva radunato una notevole folla intorno a sé. La bevanda alcolica di granturco fermentato circolava in abbondanza, e gli animi si stavano riscaldando. Molti agitavano i pugni e facevano cenni di assenso all'improvvisato oratore. Che continuò:

"Queste che vi dico sono le parole del Chilam Balam di Chumayel, il libro sacro di tutti noi maya dello Yucatán! Tempo verrà, dice la profezia, in cui le lacrime bagneranno ancora gli occhi di Nostro Signore. La giustizia di Dio scenderà sul mondo e punirà gli avidi usurai che usurpano la nostra terra e sfruttano le nostre genti!".

Un'ovazione poderosa accolse queste ultime parole urlate dall'indio Jacinto Uc. Quando il fragore si disperse in mille voci che discutevano, approvavano, aizzavano, Jacinto alzò le braccia per chiedere silenzio.

"Fratelli del miserabile popolo maya! Quel tempo annunciato dalle Sacre scritture è giunto! Basta con la schiavitù! Non saremo più servi degli arroganti barbuti di Mérida. È giunto il tempo di rialzare la testa e afferrare il bastone del comando caduto nella polvere e nel fango! In nome dei nostri avi, per i nostri figli condannati all'asservimento, io vi dico: guerra all'oppressione dei bianchi!"

Un boato esplose dalle gole degli indios radunati a Cisteil quel 19 novembre 1761. Ancora una volta, l'ennesima nella martoriata storia del popolo maya, l'odio accumulato nei secoli scatenava una rivolta nelle terre della Nueva España. Assoggettati ai voleri dei bianchi invasori e dei loro eredi meticci, i maya restavano indomiti e disposti a morire di spada piuttosto che consumarsi di stenti. La folla portò in trionfo l'indio Jacinto Uc, nativo del Campeche, e lo condusse fino alla chiesa. Il sacerdote, che si accingeva a celebrare la messa, fuggì prima di capire cosa stesse realmente accadendo. Pensò che l'ubriachezza generale avesse montato la testa a quei selvaggi, senza rendersi conto che quello era l'inizio di una guerra sanguinosa. Gli indios tolsero il mantello azzurro alla statua della Vergine e lo posero sulle spalle di Jacinto, che da quel giorno venne ribattezzato Canek, il Serpente Nero, nome dell'ultimo sovrano Itzá spodestato dagli spagnoli mezzo secolo prima. "Ora sei il nostro re," urlavano i maya brandendo bastoni e machete, "guidaci alla guerra! Ridacci la libertà! Viva Canek, nostro re!"

"Fratelli!" disse Jacinto salendo in piedi sull'altare. "Non sarò io a restituirvi la libertà, no! Voi, e soltanto voi, potete riconquistarla! Questo vi costerà sangue e sofferenze, molti di voi moriranno. Ma ora, in questa chiesa, in questo giorno di profezia, dovete decidere: continuare a servire i bianchi, continuare a mettere al mondo figli che saranno schiavi, continuare a morire di carestia e a dissanguarvi di tributi per colmare i loro forzieri, o affrontare la morte sul campo di battaglia."

Il silenzio divenne di colpo più assordante del vociare. Jacinto Canek guardò gli uomini e le donne che aveva davanti. Scrutò quei volti segnati da fatiche e privazioni, quelle braccia nervose e i costati scarni, i petti ansimanti.

Poi, un urlo corale eruppe facendo vibrare le volte della chiesa e si propagò nella piazza, dove migliaia di persone levarono al cielo le misere armi di cui disponevano. "Guerra!" fu il grido che travolse la pace miserabile del villaggio di Cisteil.

Immediatamente Canek organizzò la resistenza. Il prete sarebbe presto arrivato alla guarnigione di Sotutá. Ma a quanti proponevano di muovere all'attacco, disse di attendere: gli spagnoli non avrebbero inviato un esercito, ma solo un drappello di armigeri per sedare una "sedizione di scalmanati ubriachi", come avrebbero dedotto dalle parole del prete. Dovevano invece aspettarli nei pressi del villaggio: le armi che portavano con loro erano preziose per l'inizio della guerra. Se si fossero mossi, gli spagnoli avrebbero chiamato rinforzi, e tutto sarebbe stato perduto. Quando il drappello di soldati raggiunse Cisteil, una pioggia di frecce e sassi li decimò, e i superstiti vennero finiti a colpi di machete. Pochi archibugi, picche e spade: l'esercito maya di Jacinto Canek non poteva ancora fare paura agli spagnoli, ma ben presto i combattenti arruolatisi volontariamente arrivarono a millecinquecento. E la notizia dell'annientamento del contingente di soldati si propagò nella regione terrorizzando i colonizzatori bianchi, che corsero a rifugiarsi a Valladolid.

Jacinto Canek riuscì a evitare una battaglia campale limitandosi a piccoli scontri e scaramucce, nelle quali gli spagnoli ebbero sempre la peggio. La profezia del Chilam Balam venne ben presto considerata dagli indios dello Yucatán come ormai avverata: era il tempo di riconquistare la libertà, uccidendo i bianchi ovunque si trovassero. Molti servitori maya dei ricchi abitanti di Mérida presero a mescolare schegge di vetro al cibo dei loro dispotici padroni, mentre i dannati del barrio indio di Santiago si organizzavano clandestinamente per l'insurrezione. Se Jacinto Canek si fosse avvicinato a Mérida con il suo esercito, avrebbero attaccato la guarnigione dall'interno. Ma le poderose armi degli spagnoli non permisero a Canek di avanzare. Con una serie di manovre a tenaglia costrinsero i maya ribelli a ritirarsi ancora verso Cisteil, dove il 26 novembre 1761 le truppe al comando di Cristóbal Calderón chiusero l'accerchiamento. Frecce e machete contro moschetti e cannoni. La battaglia divampò furiosa e spietata, in poche ore erano caduti seicento maya contro soltanto trenta soldati spagnoli uccisi. I bianchi evitavano il corpo a corpo sparando a mitraglia nel mucchio con le bombarde. Jacinto Canek guidò vari tentativi di contrattacco, ma ogni volta le scariche di piombo abbattevano decine di indios prima che questi raggiungessero le picche abbassate dei nemici. Quando fu chiaro che la battaglia era perduta, e con essa la guerra dei diseredati discendenti della civiltà più colta delle Americhe, Canek si asserragliò con trecento dei suoi nell'*hacienda* Huntulchac. Resistettero ventiquattr'ore, poi, spossati dal combattimento e dalle ferite, non poterono respingere l'ultimo assalto.

Il 7 dicembre Jacinto Canek venne fatto sfilare per le strade di Mérida in catene, con una corona di carta in testa su cui era scritto "Ribelle contro Dio e contro il Re". Le dame della borghesia bianca lanciavano uova e pomodori ridendo istericamente per il sollievo dopo la paura provata nelle settimane precedenti, i nobiluomini sputavano e urlavano insulti. Jacinto Canek, a testa alta, guardava negli occhi i suoi aguzzini con una fierezza che in più d'uno causò un brivido di inquietudine: come aveva potuto un piccolo indio denutrito e miserabile come quello tenere in scacco per due settimane il formidabile esercito spagnolo... I bianchi che avevano temuto di perdere non solo i privilegi ma la stessa vita, adesso esigevano un bagno di sangue. Jacinto Canek venne legato a quattro paletti infissi nel suolo. Con un ultimo sforzo guardò i suoi compagni di sventura, trascinati in ceppi con lui, e gridò:

"Noi non moriremo schiavi! Noi siamo stati liberi e torneremo liberi!".

Poi i carnefici cominciarono a smembrarlo a colpi di spada, gli staccarono braccia e gambe, e i brandelli di carne li gettavano in un braciere; macellarono il Re dei Miserabili come una bestia da arrostire, finché sulla piazza non rimase che una vasta pozza di sangue. Il sangue di un maya libero, che valeva meno del sangue delle galline.

Altri otto ribelli vennero impiccati e i loro corpi esposti per giorni come monito, cento prigionieri vennero frustati con duecento colpi ciascuno e a tutti loro fu mozzato l'orecchio destro, marchio d'infamia. Poi, stanca e annoiata da tanto squartare, impiccare, frustare e mutilare, la nobiltà bianca di Mérida decise di essere magnanima con gli ultimi trecento insorti, condannandoli ai lavori forzati a vita. Nei patii delle sontuose ville si diedero feste danzanti, dove i servitori indigeni vennero sbeffeggiati e umiliati: "Hai fame, faccia da scimmia? Vai in piazza e mangiati un pezzo del tuo re alla brace!" disse tra le risate generali un ricco commerciante al suo servitore, sorpreso a raccogliere un avanzo dal pavimento. Il villaggio di Cisteil venne completamente raso al suolo, per non lasciare neppure il ricordo della guerra anticoloniale di Jacinto Canek, il Serpente Nero.

7.

Sarà una risata...

Nel '77, quando i muri parlavano, compariva spesso una scritta tra le tante irriverenti o sbeffeggianti a fare da contrappunto a quelle più bellicose: "Sarà una risata che vi seppellirà". Prendeva spunto dalla vecchia foto di un anarcosindacalista arrestato negli Stati Uniti agli inizi del secolo, che alla stretta di due torvi gendarmi rispondeva con una allegra risata, così spontanea e genuina che sembrava di sentirla.

Quante volte abbiamo detto che "la verità è rivoluzionaria", pensando di citare Marx o Lenin e senza sapere che lo sosteneva già il Vangelo. E chissà se si può dire lo stesso anche della risata. Sono rari i rivoluzionari che a malapena sorridono, almeno nelle immagini tramandate, e ci voleva Ernesto Che Guevara per lasciare impressa nel tempo una faccia mai seriosa, spesso gioviale, a volte severa e impenetrabile, ma comunque non in posa solenne per i posteri, in nessun caso. Camilo, invece, è forse l'unico che viene ricordato, almeno su qualche parete di Cuba, mentre scoppia a ridere fragorosamente. Perché la sua, sembra di sentirla echeggiare ancora, tanto è forte nell'immagine che ritrae la bocca spalancata su una splendida dentatura, incorniciata da un barbone molto più folto rispetto ai compagni della Sierra Maestra. Si distingueva anche per il sombrero, uno Stetson di feltro a tesa larga, rimasto miracolosamente rigido e in forma dopo anni di combattimenti nella boscaglia, acquazzoni tropicali, sole calcinante, umidità e freddo delle lunghe notti sotto le stelle. In un'altra foto lui e il Che si sono scambiati i copricapi, basco contro cappello da *Mucchio selvaggio*, e mentre Ernesto lo squadra sornione, con affettuosa ironia, Camilo, anche questa volta, ride apertamente, lo sguardo gioioso, la nerissima barba da frate che non riesce, nonostante l'inquadratura dal basso, a coprire l'esplosione di ilarità. Poi c'è l'ormai mitico scatto di Korda: L'Avana, 1959, una jeep con il parabrezza incrinato dalle pallottole, Fidel in piedi contro il cruscotto, dietro di lui un tizio dall'aspetto di improbabile ufficiale di marina in divisa bianca che contrasta in modo stridente con le giubbe sdrucite dei compagni, e al fianco, Camilo che stavolta non ride. Fissa Fidel come se stesse ascoltando un consiglio prezioso, la mano destra sul grilletto e la sinistra sull'impugnatura del fedele mitra Thompson calibro 45, lo Stetson calato sugli occhi e coronato da una zazzera al vento. I capelli se li sarebbe lasciati lunghi anche dopo *El Triunfo*, come ovviamente la barba, e nelle ultime immagini che ho di lui compare ancora con il cappello all'americana, una sorta di presa in giro, di rivincita sarcastica per uno che disprezzava gli Stati Uniti da molto prima che spedissero mercenari e agenti Cia alla Bahía de los Cochinos e decretassero l'embargo. Questo perché gli Usa li aveva conosciuti non da esule dorato o turista sfaccendato, bensì come lavoratore precario, emigrante della miseria, profugo della disoccupazione o delle attività indegne e sordide che proliferavano nell'Avana degli anni cinquanta.

Camilo Cienfuegos era nato il 6 febbraio 1932 a Jesús del Monte, L'Avana. I genitori si trasferirono poco tempo dopo a San Francisco de Paula, il sobborgo della capitale dove qualche anno più tardi Hemingway deciderà di stabilirsi in una grande casa sulla collina. La dimora dei Cienfuegos, al contrario, era umile e dimessa, perché il lavoro del padre Ramón, sarto, bastava a malapena a sfamare i tre figli Camilo, Humberto e Osmany, mentre la madre Emilia, casalinga, si industriava per mantenere un certo decoro con gli scarsi guadagni del marito. In famiglia si respirava aria di sinistra: militanza sindacale nell'Unione Operai Sarti, simpatie per i soviet, mobilitazione per raccogliere fondi da destinare agli orfani dei repubblicani spagnoli che combattevano contro i falangisti. Nel '39, secondo trasloco, direttamente all'Avana, sempre in cerca di migliori condizioni e nuovi clienti. Camilo cominciò a soffrire di un male che – come avrebbe scoperto in seguito – sembrava colpire diversi futuri rivoluzionari latinoamericani: l'asma.

Nel '44 dovette lasciare la scuola superiore n.13 perché il padre, presidente dell'Associazione Genitori e Maestri, venne denunciato dalla direttrice come uno che "parlava male del governo". Nessuna conseguenza grave, anzi: Camilo ne approfittò per seguire la precoce passione che sarebbe rimasta il sogno della sua vita, diventare scultore, e si iscrisse a una scuola apposita. Ma era costosa, e l'anno seguente dovette abbandonare anche questa per mettersi a lavorare: addetto alle pulizie in una sartoria. Nel 1953, con la dittatura di Batista che diventava sempre più opprimente e feroce, e i salari da fame che imponeva in largo anticipo sul neoliberismo, Camilo decise di emigrare negli Stati Uniti, già allora chimerica fonte di lauti guadagni. Prima a Miami, poi a New York: lavavetri, inserviente, cameriere... E tra un turno e l'altro dei suoi lavori malpagati, scriveva articoli di fuoco su "La Voz de Cuba", periodico degli esiliati cubani che allora, capricci della Storia, erano di ideali opposti a quelli degli odierni ex compatrioti rifugiati in Florida. Scriveva anche lunghe lettere ai genitori: "...Sarà ben difficile che torni in questo paese, anche soltanto in vacanza. Sono qui ormai da diversi mesi ma spero, se la situazione non peggiora, di tornare entro l'anno. Non so quando, ma il più presto possibile, perché qui è sempre peggio. La corruzione è all'ordine del giorno, non c'è lavoro, tutto è carissimo e poi c'è questo freddo che spacca l'anima...".

Nel luglio del '54 si trasferì a San Francisco per eludere i segugi dell'Immigrazione, dato che il suo permesso era di un mese soltanto e ormai lavorava negli Stati Uniti da oltre un anno. Nell'aprile del '55 riuscirono a beccarlo: ventinove giorni di carcere su un isolotto a New York, a pochi passi dalla statua della Libertà, con una ciotola di fagioli al giorno come rancio. Deportato in Messico, alla fine di maggio tornò a Cuba; qui si unì agli studenti universitari che lottavano contro Batista, tra i quali suo fratello Osmany che era già un militante riconosciuto. Per campare riuscì a farsi riassumere dalla stessa sartoria, che ironia della sorte si chiamava El Arte, e stavolta le sue mani non dovevano impugnare secchio e ramazza ma forbici e ago, avviandosi a imparare il mestiere del padre. Quelle mani che, le poche volte in cui aveva potuto dimostrarlo, possedevano un talento innato per scolpire il marmo e modellare la creta. Ma i giorni diventavano sempre più convulsi e intensi, e se prima non c'erano soldi per dedicarsi alla scultura, adesso non sarebbe bastato neppure il tempo. Il 7 dicembre ricorreva l'anniversario della morte di Antonio Maceo, detto il "Titano di bronzo" per l'ardimento in battaglia e il colore della pelle, condottiero dei *mambises*, i ribelli anticolonialisti. Celebrarne la memoria era un atto di rivolta contro la dittatura, perché Maceo rappresentava la strenua lotta per la liberazione da ogni dispotismo e dominazione. Camilo si distinse in prima fila, e una delle innumerevoli pallottole sparate dalla Guardia di Batista fu per lui: venne colpito da una fucilata alla gamba sinistra e trascinato via dal fratello Osmany e altri compagni. Rimessosi in sesto, il 28 gennaio si scontrò nuovamente con la polizia durante una manifestazione nel Parque Central: mentre badava a schivare i colpi di quelli in divisa, tre energumeni in borghese riuscirono a catturarlo dopo una mischia furibonda. Portato a forza di bastonate nella famigerata sede del Brac, l'Ufficio Repressione Attività Comuniste, per sei ore ininterrotte subì i pestaggi degli agenti di Batista, che alla fine lo schedarono e fotografarono con un cartello sul petto che diceva "comunista". Per Camilo divenne impossibile sopravvivere all'Avana. Rischiava di essere riarrestato, e ucciso, quanto prima. Il 25 marzo 1956 entrò per la seconda volta negli Stati Uniti, riuscendo a farla franca con l'Immigrazione che, pure nel Grande Paese della democrazia, conservava una sua scheda con i precedenti dell'espulsione e il sospetto di attività comuniste. Tutto vero, del resto. Da Miami si spostò a San Francisco, città allora meno asfissiante con gli immigrati, e da lì scriveva freneticamente lettere su lettere ai compagni rimasti sull'isola, discutendo in termini elogiativi della figura di Fidel, l'assaltatore della caserma Moncada e ora punto di riferimento per i rivoluzionari cubani, valutando la possibilità di organizzare la resistenza sulle montagne della Sierra, e una spedizione dal mare per avviarla... Venne a sapere che "qualcosa di grosso si cucinava in Messico", e non perse tempo: il 21 settembre ci arrivò anche lui. Non fu

semplice prendere contatti con il gruppo, perché le dove-
rose misure di sicurezza risultarono molto rigide. Alla fine, Camilo fu accettato a bordo del *Granma*: l'ultimo a essere arruolato nella spedizione sarebbe diventato il primo
al momento di lanciarsi in avanti sotto il fuoco nemico. La
notte del 24 novembre 1956, dalla foce del Río Tuxpan nel
Veracruz, gli ottantadue uomini capeggiati da Fidel salpa-
rono puntando la prua verso l'isola caribica: nel giro di poco tempo, sarebbero sopravvissuti in una dozzina appena.

Sette giorni durò la traversata, su un mare agitato che
fece loro vomitare anche l'anima, e all'alba del 2 dicembre
approdarono malamente sulla Playa de las Coloradas – in
pratica un naufragio vero e proprio – perdendo nella palude di mangrovie l'intero equipaggiamento pesante, mentre
otto uomini risultarono dispersi nei frangenti del rovinoso
sbarco. L'esercito di Batista, già allertato, scoprì quasi subito la loro presenza, e si mobilitò in forze. Il 5 dicembre,
sfiniti e affamati, decisero di accamparsi in una piantagio-
ne di canna da zucchero ad Alegría de Pío. Camilo non
perdeva il proverbiale buonumore, malgrado tutto, e con
l'argentino che gli altri chiamavano Che iniziò a instaurar-
si una simpatia reciproca destinata a diventare nei mesi a
venire profonda amicizia e complicità. Ma il posto in cui
erano praticamente crollati per la stanchezza aveva un nome macabramente beffardo: nessuna allegria, nessuna pia
misericordia, ma una pioggia di piombo senza pietà. Centinaia di soldati si erano attestati a poche centinaia di metri, e di lì a poco gli aerei da ricognizione individuarono i
ribelli. Si scatenò una sparatoria generale, tre membri della spedizione caddero subito falciati dalle raffiche incro-
ciate, ognuno cercava scampo tra le canne rispondendo al
fuoco come poteva. Poi ci fu una pausa di silenzio irreale,
rotto dalla voce dell'ufficiale della truppa che intimava la
resa. Qualcuno, tra i ribelli, mormorò timidamente che,
forse, era davvero tutto perduto...

"Si sentì una voce da dietro, più tardi avrei saputo che
era Camilo Cienfuegos, che urlava: 'Qui non si arrende
nessuno', e subito dopo una parolaccia," avrebbe poi annotato il Che sul suo diario. *¡Aquí no se rinde nadie, hijueputa!* Il combattimento riprese con maggiore intensità di prima, i soldati non riuscirono nell'intento di circondarli, ma
i sopravvissuti ripiegarono in piccoli gruppi, perdendo i

contatti, alcuni addirittura soli e disarmati, iniziando una lunga odissea durante la quale molti sarebbero stati individuati e finiti con un colpo alla nuca.

Camilo rimase con due compagni, e soltanto quattro giorni più tardi riuscì a ricongiungersi con il Che e pochi altri. La sete e la dissenteria divennero nemici più crudeli degli stessi soldati di Batista, ma bisognava andare avanti, cercare il resto della spedizione, prendere i contatti con i contadini amici. Per Ernesto e Camilo, come se non bastasse, c'era anche l'asma da tenere a freno... All'alba del 21 dicembre, finalmente, si riunirono ai fratelli Fidel e Raúl Castro e ai rispettivi gruppi, alquanto esigui: si contarono, erano in quindici. Gli abbracci e gli occhi lucidi, la risata limpida di Camilo che riprese a esortarli, una pausa di pace mangiando un maialino arrosto offerto da un contadino; poi, la dura reprimenda di Fidel a quelli che avevano abbandonato il fucile durante lo scontro a fuoco. Niente di strano, per chi aveva deciso di dare l'assalto al cielo in ottantadue contro un esercito di trentacinquemila soldati con carri armati e aviazione, ritrovandosi poi in quindici, e decidendo di proseguire, senza il minimo dubbio sul fatto che la rivoluzione avrebbe trionfato... Se il Che si era già dimostrato il più efficiente e accorto, Camilo "Centofuochi" costituiva l'energia galvanizzante: *¡Aquí no se rinde nadie, hijueputa!*, e giù una risata, ma silenziosa, perché soltanto con l'entrata all'Avana potrà riprendere a essere fragorosa come prima, come sempre.

Il 17 gennaio attaccarono il presidio militare di La Plata, e quel giorno il Che scrisse sul diario: "Camilo è entrato per primo nella caserma assediata...". Il bilancio fu di cinque soldati morti e cinque prigionieri, che rilasciarono con la raccomandazione di cambiare mestiere, se possibile. L'assoluto rispetto per i militari catturati sarà una consegna inderogabile tra i ribelli, al punto che la dittatura, nonostante la campagna di menzogne scatenata in patria e all'estero, non riuscirà mai a trovare un solo pretesto per accusarli di maltrattamenti o vessazioni di alcun genere. Inoltre, si dimostrerà una strategia vincente, perché i soldati liberati diffondevano demoralizzazione e dovevano difendersi dal disprezzo degli ufficiali, reagendo in vario modo.

Mese dopo mese, i ribelli aumentavano di numero e le loro imprese si facevano sempre più ardite. Dotatisi di una struttura militare, nell'Ejercito Rebelde cominciarono ad assegnare i gradi; in maggio Camilo fu nominato tenente, in ottobre capitano. Nel febbraio del '58 si scatenò un duro combattimento a Pino del Agua. Camilo, che comandava l'attacco all'accampamento dei soldati, venne definito dal Che sul suo diario "l'uragano", per come prese il posto di guardia e continuò ad avanzare sotto il fuoco brandendo una mitragliatrice. Poi Camilo vacillò per un istante: una pallottola gli aveva perforato l'addome e un'altra era passata attraverso la coscia sinistra, foro d'entrata e squarcio d'uscita. E nonostante ciò, i compagni faticarono non poco a trascinarlo via, perché c'era un ferito più grave di lui e voleva che lo soccorressero per primo. Curato in un improvvisato ospedale da campo, nel giro di un mese tornò a imbracciare il fucile. E il direttivo lo elesse all'unanimità comandante, affidandogli il gravoso compito di portare la guerriglia in pianura, attaccando Bayamo e promuovendo la riforma agraria nei territori liberati. Camilo sbaragliò la guarnigione di Bayamo alla testa di una colonna di soli quaranta combattenti, per poi intraprendere azioni diversive contro il grosso delle truppe che preparavano un'offensiva in grande stile, mobilitando sui contrafforti della Sierra Maestra almeno diecimila uomini. Fidel gli mandò un lungo messaggio con le istruzioni e la raccomandazione di "stare attento", data la sua fama di spericolato in battaglia, e aggiungeva: "Sembra che concentreranno una grande quantità di soldati. Ma avranno un bel problema con te alle spalle. [...] Noi andiamo verso L'Avana. Ti piacerebbe essere il primo a entrare a Pinar del Río?".

Il 4 maggio la colonna di Camilo resistette all'attacco di oltre cinquecento soldati con l'appoggio di mortai, tre aerei da bombardamento, quattro carri armati e un elicottero. Dopo otto ore di combattimenti, i ribelli ruppero l'accerchiamento e si sganciarono. In giugno, Camilo si concesse una pausa dalla guerra per dedicarsi a un compito che suscitava in lui altrettanto entusiasmo: costruire le prime scuole per i figli dei contadini di Bayamo, Holguín e Victoria de las Tunas. E scriveva sul suo diario: "In tutte queste località, ovunque siamo passati, abbiamo lasciato dei buoni amici, gente che ci apprezza e collabora. Gli abitanti dicono che hanno grande fiducia in noi, che ora si sentono al sicuro. Le loro parole mi emozionano, aiutano ad andare avanti con maggiore gioia. Sento dentro di me la certezza di non poter mai ingannare questi uomini e queste donne che confidano in noi".

A due anni dal giorno in cui lo sgangherato motoscafo d'alto mare *Granma* si arenava tra le mangrovie di una palude, a meno di due anni da quando si erano ritrovati in quindici, con pochi fucili e gli scarponi sfondati, la pancia vuota e sporchi di fango, sudore e sangue, i ribelli erano ormai in grado di sferrare offensive su vasta scala, ma soprattutto di gestire e organizzare la vita quotidiana e la produzione agricola nei territori liberati, nonché l'assemblea di oltre settecento delegati degli operai di sette grandi zuccherifici. Mentre i loro campi di addestramento accoglievano volontari in numero crescente, tra i quali aumentavano sempre più le donne, l'esercito del dittatore si sfaldava, lasciando ai reparti speciali l'onere di contenere, senza successo, l'avanzata della Revolución. E le sanguinose rappresaglie non facevano che spingere i *guajiros*, i contadini, dalla parte dei *barbudos*, anche perché, come annotava il Che sul suo diario, "avanzavamo brandendo la riforma agraria come punta di lancia dell'Ejercito Rebelde". Nel dicembre del 1958, l'offensiva finale: Ernesto Che Guevara ingaggiava la battaglia di Santa Clara, ultimo bastione sulla strada per la capitale, difeso da tremila soldati e dal famigerato *monstruo de hierro*, un treno blindato irto di cannoni e mitragliatrici, mentre Camilo attaccava con la sua colonna la guarnigione di Yaguajay. Contemporaneamente, Fidel espugnava Santiago, dalla parte opposta dell'isola. Il rapporto di forze era di circa dieci contro uno, ma l'insurrezione della popolazione, che erigeva barricate, e la diffusa demoralizzazione dei militari, capovolsero la logica di guerra. A nulla valsero il numero e i mezzi soverchianti: all'alba del Capodanno 1959 i due comandanti convergevano sull'Avana, mentre Fulgencio Batista fuggiva precipitosamente a Santo Domingo. Ernesto e Camilo si riabbracciarono a Santa Clara, e continuarono la marcia insieme. Il 3 gennaio Camilo venne nominato capo di stato maggiore dell'Ejercito Rebelde, a un mese dal suo ventisettesimo compleanno. E l'8 gennaio, alla testa delle colonne provenienti dalla zona orientale, Fidel entrò nella capitale in festa. Tenne subito un vibrante discorso alla folla, e ogni tanto si voltava a chiedere allo zazzeruto spilungone con lo

Stetson in testa e il Thompson in braccio: "Vado bene così, Camilo?". E Camilo faceva segno di sì, sorridendo allegro.

La notte del 5 gennaio Camilo ebbe un colloquio con l'ambasciatore statunitense Earl Smith, che manifestava un crescente nervosismo e un malcelato livore verso i rivoluzionari. Ma allora Castro e i suoi non perdevano occasione per inviare messaggi rassicuranti a Washington, quindi il governo di Smith non sapeva fino a che punto dovesse mostrarsi ostile (lo avrebbe fatto di lì a pochi giorni, quando iniziarono i processi e le fucilazioni dei torturatori di Batista, per i quali gli Usa chiedevano l'estradizione con lo scopo di salvarli e riciclarli nel futuro stillicidio di aggressioni). In quell'occasione Camilo non rise affatto, anzi, pare che la sua faccia fosse alquanto minacciosa, perché successivamente l'ambasciatore dichiarò che i *barbudos* gli ricordavano i personaggi di un film su Dillinger che aveva visto di recente. Chissà, forse fu anche per via dello Stetson di Camilo calato sugli occhi, alla maniera dei temibili gangster... Di sicuro la risata se la sarebbe fatta più tardi, raccontando quanto fosse inquieto e impacciato il malcapitato Earl Smith, e un'altra ancora più fragorosa nel leggere il paragone con Dillinger.

Iniziarono per la Revolución i mesi più febbrili, quelli in cui nessuno dormiva e tutti si prodigavano a organizzare, discutere, costruire, convincere... Intanto Batista, ospite del dittatore Trujillo, cercava appoggi per guastare la festa. Li ottenne immediatamente dallo stesso Trujillo, che inviò un aereo da trasporto carico di armi ed esplosivi per i pochi membri della Guardia rimasti a Cuba e intenzionati a compiere attentati terroristici. Il c-46 venne bloccato nell'aeroporto di Trinidad, ma sull'isola i latifondisti che non erano riusciti a seguire il loro protettore nell'esilio – dove tanti esponenti dell'oligarchia cubana si sarebbero goduti le immense ricchezze accumulate all'estero – fomentavano e finanziavano azioni di sabotaggio e, possibilmente, aggressioni armate. Camilo assunse la responsabilità di quella che chiamavano *lucha contra bandidos*, cioè la lotta alla controrivoluzione. "La caduta della dittatura non implica automaticamente il trionfo della rivoluzione," non si stancava di ripetere Fidel. Lo sforzo da compiere era immane, in una nazione devastata da una tirannia che aveva lasciato campo libero alla malavita organizzata statunitense, un'isola trasformata da troppo tempo in immenso "bordello e bisca galleggiante", dove i più famosi capi della mafia gestivano ogni sorta di traffici e attività economiche, e soltanto il 2,5 per cento della popolazione conseguiva la licenza elementare... La riforma agraria da attuare tra mille difficoltà, l'avvio di relazioni estere e rapporti commerciali, creare un servizio sanitario pubblico fino ad allora pressoché inesistente, rimettere in moto aziende nelle quali i macchinari risultavano irrimediabilmente danneggiati dai proprietari in fuga e quindi la faticosa ricerca di pezzi di ricambio; e ancora la crescente ostilità degli Stati Uniti, il paese da cui veniva importato praticamente tutto, dai frigoriferi alle locomotive, dalle siringhe ai motori di qualsiasi mezzo meccanico, dalle penne alle trebbiatrici, dall'inchiostro alla benzina... E statunitensi erano i padroni di tutte le piantagioni di canna da zucchero e di tabacco, del novanta per cento delle miniere e del cinquanta per cento delle terre coltivabili: nazionalizzarle fu considerata una dichiarazione di guerra. A tutto questo e tanto altro ancora, si aggiungevano le sporadiche, ma feroci e indiscriminate imprese terroristiche dei *bandidos*. Erano in pochi, ma ricevevano costanti rifornimenti dai ricchi "esuli" che si stavano velocemente riorganizzando a Miami. La foto del Che più conosciuta al mondo, quella dove Korda colse un'espressione di straordinaria intensità, venne scattata durante i funerali delle numerose vittime di un attentato, uccise da una bomba di notevole potenza esplosa a bordo del mercantile *La Coubre*. Ecco perché il suo sguardo appare così vibrante, i muscoli del volto contratti, le labbra serrate: è un'espressione di sdegno e rabbia, di impotenza davanti a un'azione tanto vile e infame.

Il 21 ottobre Camilo si precipitò a Camagüey per coordinare uno dei tanti interventi di "bonifica", instancabile nel correre da una parte all'altra dell'isola per fronteggiare i rigurgiti di violenza e individuarne i responsabili. In una settimana assunse il comando della caserma locale, diramò ordini, verificò risultati, tenne anche un discorso alla popolazione... E nel tardo pomeriggio del 28 ottobre 1959 salì a bordo del piccolo piper Cessna 310 per rientrare all'Avana. Con quel tipo di velivolo, per giunta malandato per la mancanza di pezzi di ricambio, la prudenza imponeva di non decollare all'imbrunire e compiere il tragitto con l'oscurità. Inoltre, le condizioni atmosferiche non erano delle migliori, una perturbazione si spostava dal sud al nord dell'isola. La *prudenza*... Nel vocabolario di Camilo quella parola non compariva neppure.

Da quel momento, non si sarebbe mai più saputo niente di lui. Le ricerche, capillari e disperate, non diedero il minimo risultato. Probabilmente il Cessna cadde in mare, perché tutta Cuba venne battuta palmo a palmo per giorni, settimane e mesi, ma nessuno trovò nulla.

Con il trascorrere del tempo, le indagini sulla morte di Camilo giunsero a scoprire che in quello stesso giorno su Cuba aveva volato un ex ufficiale pilota di Batista a bordo di un caccia, costretto ad atterrare sull'isola per fare rifornimento e spacciatosi per pilota dell'Ejercito Rebelde: allora era possibile, in quegli anni di entusiasmo e confusione. Chi gli mise il carburante nei serbatoi avrebbe poi ricordato un dettaglio importante: le mitragliere sulle ali erano ancora calde, e dalle feritoie per l'espulsione dei bossoli usciva di tanto in tanto un filo di fumo... Una volta decollato, aveva fatto rotta sulla Florida. Chissà se la Cia fu tanto abile da intercettare il Cessna di Camilo. I mezzi li aveva, eccome. La copertura radar permetteva questo e altro. Ma poco importa, tutto sommato, perché per il Che, stordito e infuriato, pugnalato al cuore dalla perdita dell'amico più caro, non c'erano dubbi al riguardo:

"Lo ha ucciso il nemico. Lo ha ucciso perché voleva la sua morte. Lo ha ucciso perché non ci sono aerei sicuri, perché i piloti non possono acquisire tutta l'esperienza necessaria, perché sovraccarico di lavoro com'era, Camilo voleva essere all'Avana in poche ore... E lo ha ucciso il suo carattere: Camilo non considerava mai il pericolo, per lui era un divertimento sfidarlo, toreava con il pericolo, lo attirava e ci giocava tra le mani. Nella sua mentalità di guerrigliero una nube non poteva fermare o deviare un percorso tracciato".

8.

Alexandre-Marius Jacob, il vero Arsenio Lupin

Il 1° aprile 1897, a Marsiglia, quattro individui piuttosto giovani ma dal portamento austero entrano nella sede del Monte di Pietà in rue Petit-Saint-Jean. Uno di essi porta una fascia tricolore sul petto e si presenta come commissario di polizia: esibisce un mandato di perquisizione sostenendo che, da informazioni sicure, nel banco dei pegni si trova la refurtiva di un colpo in cui è stato commesso un quadruplo omicidio. L'allibito direttore si inchina all'autorità, è imbarazzato e soprattutto preoccupato per i prestiti ad alto interesse che concede privatamente sulle polizze, e certo non può escludere che tra i molti gioielli incamerati non vi sia della refurtiva. Il commissario ordina di sprangare le porte e comincia subito l'inventario. Per tre ore, i quattro individui sequestrano tutti i pezzi di maggior valore infilandoli nelle valigette, dopo aver annotato le caratteristiche in una lista. Il direttore tenta ogni tanto di discolparsi per l'attività di usuraio, la moglie piange, il suo impiegato maledice il superiore tra i denti per avergli causato una simile vergogna...

I tre non hanno alcun motivo di sospettare che di fronte a loro c'è la primula rossa del furto con destrezza, il ladro gentiluomo maestro in travestimenti e dalle innate doti di attore. Ultimata la "requisizione", i tre complici si allontanano con le valigette colme di preziosi mentre il "commissario" infila le manette ai polsi del direttore e dell'impiegato: "Spiacente, ma dovrete chiarire la vostra posizione al magistrato inquirente", e li fa salire su una carrozza, dando al vetturino l'indirizzo del Palazzo di giustizia.

Li accompagna quindi davanti alla porta del procuratore della Repubblica, intimando ai due di sedere sulla panca nel corridoio mentre lui va a "prendere ordini". L'individuo entra nell'ufficio, richiude la porta, vi resta qualche istante chiedere un'informazione, torna fuori e toglie le manette al direttore, dicendogli: "La questione è molto, davvero molto grave... Il procuratore in persona vi interrogherà, aspettate qui, verrete chiamati entro breve tempo". E si allontana tranquillamente, uscendo dal palazzo.

Qualche ora più tardi, il direttore-usuraio e il suo malcapitato impiegato guardano con crescente disperazione i dipendenti che se ne vanno, finché il Palazzo di giustizia resta completamente deserto. Ma non osano chiedere nulla, temono di suscitare le ire del procuratore disobbedendo agli ordini del "commissario"... L'usciere, andando a chiudere il portone, si accorge dei due e chiede cosa diamine stiano facendo lì. Al direttore cedono i nervi: si alza di scatto, piagnucola di non aver fatto nulla di grave, si protesta innocente per quanto riguarda la refurtiva e minimizza i guadagni come usuraio, implora, grida, si dispera. L'usciere, stupefatto, corre ad avvertire il giudice istruttore, l'ultimo rimasto nel palazzo. Questi, già in ritardo per una cena con ospiti a casa sua, va su tutte le furie e ordina di sbattere in cella i due sventurati: qualche reato devono pur averlo commesso se si trovano in quella situazione, tanto vale che meditino una notte dietro le sbarre, l'indomani si deciderà. Condotti in prigione singhiozzanti e prostrati, il direttore e l'impiegato saranno più tardi interrogati da un brigadiere della gendarmeria, che dal magma di assurdità e discorsi incoerenti proferiti, tra i quali emergono comunque stranezze da chiarire, intuisce qualcosa di bizzarro, che assomiglia a una colossale beffa. Avverte le autorità, e solo il giorno dopo il mistero è svelato: mai in città si era ordita un'impresa criminosa più sfrontata e audace, con indubbi risvolti esilaranti. Tutta Marsiglia ne riderà per mesi.

Un'azione degna di Arsenio Lupin. In realtà si chiama Alexandre-Marius Jacob, anarchico francese votato a gabbare l'autorità e i ricchi borghesi derubandoli con astuzia e spettacolarità, senza rinunciare a un tocco di eleganza in ogni gesto. Quando lo scrittore Maurice Leblanc presenterà nel giugno del 1905 il personaggio di Arsenio Lupin, il ladro gentiluomo, descrivendolo come "l'uomo dai mille travestimenti, di volta in volta autista, tenore, prelato, antiquario o ufficiale degli ussari, che colpisce castelli e salotti e che una notte, penetrato nella dimora del barone Schorman, ne uscì a mani vuote lasciando un biglietto: 'Tornerò quando mobili e gioielli saranno autentici'...", molti in Francia conoscevano il personaggio a cui si era ispirato, quell'Alexandre-Marius Jacob che tre mesi prima era comparso davanti al tribunale di Amiens, accusato di essere il capo dei *Travailleurs de la nuit*, i "lavoratori della notte", la banda di anarchici che aveva ridicolizzato polizia e alta società per anni. Al processo, magistrati, avvocati e pubblico erano rimasti allibiti (o affascinati) dalla verve oratoria di Jacob, ironico e cortese, sferzante e sicuro di sé fino all'irriverenza. In un articolo su "L'Aurore" si legge: "Non è più la società, rappresentata da giudici e giurati, che giudica Jacob, il principe dei ladri: è Jacob che fa il processo alla società. È lui, in realtà, a condurre il dibattimento. È sempre lui di scena. È sempre lui a dire l'ultima parola. Formula domande e risposte, presiede, giudica! Ai suoi lati ci sono i gendarmi, ma la loro presenza perde importanza non appena Jacob prende la parola per interrogare il presidente. Va tutto a rovescio!".

Alexandre-Marius Jacob nasce nel 1879 in un villaggio della Provenza da genitori di umili condizioni ma non poverissimi; il padre Joseph è un marinaio che riesce a trasmettere al figlio una smodata passione per viaggi e avventure: il piccolo Marius divora i romanzi di Jules Verne, mentre le ristrettezze economiche lo costringono a trovarsi un lavoro fin dalla più tenera età. Sono anni in cui i bambini poveri diventano adulti in fretta, la necessità di guadagnarsi da vivere li spinge a staccarsi dalla famiglia prima possibile, al punto che Marius si imbarca come mozzo sul bastimento *Thibet* a soli undici anni: che significa sveglia alle quattro del mattino, pulizia del ponte fino alle otto, e poi nella stiva per il resto della giornata. Cambia nave, e a tredici anni sbarca a Sidney, disertando. In Australia impara l'inglese e a rubare per sopravvivere. Quindi, l'imbarco su una baleniera, che sembra offrirgli le avventure desiderate. Ma una volta in alto mare, la nave si rivela un vascello pirata, i cui uomini vanno all'arrembaggio di mercantili depredandoli e uccidendo chi oppone resistenza. Al primo scalo diserta nuovamente, appena in tempo per evitare la forca: nel viaggio successivo la falsa baleniera verrà intercettata da unità della marina da guerra e tutti i suoi uomini impiccati. Marius Jacob rientra a Marsiglia, dove lo arrestano per diserzione; la giovane età gli risparmia una pena detentiva, e appena rimesso in libertà riprende il mare. A sedici anni deve tornare a terra per curarsi la malaria, e ne approfitta per leggere Victor Hugo, ma anche i testi dei pensatori e agitatori anarchici, che esercitano su di lui un'influenza sempre maggiore: Proudhon, Bakunin, Kropotkin, e la rivista "L'Agitateur", il giornale anarchico marsigliese. Frequenta i circoli operai, discute, si appassiona... e finisce in carcere a causa di un infiltrato che lo accusa di detenzione di esplosivi. Scontati sei mesi, viene assunto da una tipografia; impara il mestiere e vi si dedica anima e corpo, finché la gendarmeria non fa pervenire al titolare il "consiglio" di sbarazzarsi del pericoloso sovversivo. È il primo di una lunga serie di licenziamenti: nella Francia di fine secolo (e anche più tardi) essere schedati come anarchici significa perdere il lavoro non appena il padrone di turno lo scopre. Inoltre la polizia lo controlla, gli perquisisce l'abitazione, non gli dà tregua. Alla soglia dei vent'anni, Jacob decide di dichiarare guerra alla società opulenta, arrogante, ottusa: ma non con le bombe né con le armi, bensì con la scaltrezza e la beffa, con il furto elevato al rango di opera d'arte, evitando l'uso della violenza e devolvendo il ricavato di ogni impresa al movimento anarchico. Ai primi compagni che si uniscono a lui, dichiara: "Bisogna colpirli nell'unico punto sensibile che hanno: la cassaforte. Non è con il terrorismo che si ottiene l'emancipazione degli sfruttati. Ma il buonsenso e la simpatia del popolo saranno dalla nostra quando dimostreremo di dare la caccia alle ricchezze accumulate alle sue spalle, perché per essere oscenamente ricchi occorre aver sfruttato il sudore e il sangue della povera gente". Teorie messe subito in pratica, tanto che al processo di Amiens Jacob e i suoi *Travailleurs de la nuit* saranno accusati di ben centocinquanta colpi messi a segno in soli tre anni, dal 1900 al 1903.

Baroni, contesse, marchesi, ma anche industriali, alti prelati e usurai: Jacob mette alla berlina la crema (e l'anima nera) della società francese. E non risparmia nemmeno il casinò di Montecarlo: elegantissimo e dai modi galanti, si mette in mostra alla roulette, suscita l'ammirazione dei presenti, e attira le occhiate languide delle belle dame, finché... finge uno svenimento, creando il necessario parapiglia al complice, che ne approfitta per rastrellare le puntate più grosse e svignarsela.

Ma un informatore della polizia lo farà arrestare poco tempo dopo: condannato a cinque anni, per qualche tempo si comporta da detenuto modello. Poi, inizia a simulare attacchi di follia. È così convincente – un vero attore di consumata esperienza – che alla fine il medico del carcere lo manda in osservazione nel manicomio di Aix. Obiettivo raggiunto, visto che nel reparto isolamento lavora un anarchico suo amico, tale Royère. Che gli apre la porta della cella mentre, all'esterno, due *travailleurs de la nuit* si arrampicano sul muro di cinta e gli gettano una corda.

L'evaso Jacob è ormai divenuto l'emblema della lotta anarchica non violenta, la sua popolarità è alle stelle (e anche la gratitudine di tanti disoccupati che hanno ricevuto dalla sua banda soldi per sopravvivere). Jacob riprende l'attività a ritmo ancor più sostenuto. E nella selva di vittime dei suoi colpi sempre più audaci, va registrato che non compaiono mai medici, insegnanti o scrittori: "Le persone utili alla società non devono essere derubate," ripete ai suoi, "i nostri obiettivi sono immancabilmente i pasciuti parassiti che questa società dissanguano e depredano". Basti pensare che una notte si era introdotto nella villa di un certo Viaud, tenente di vascello della marina, ma rovistando tra le sue carte a un certo punto aveva scoperto trattarsi in realtà del romanziere Pierre Loti: lasciato un biglietto di sentite scuse, aveva fatto marcia indietro senza toccare nulla.

A Quincampoix svaligia una gioielleria impiegando una sofisticata tecnica che, molti anni più tardi, verrà fedelmente ripresa per la famosa sequenza del film *Rififi* di Jules Dassin. Per non "ingrassare" i ricettatori, dato che Jacob non si considera un malvivente né vuole avere nulla da spartire con il *milieu* della mala francese, affitta un laboratorio dove impianta una fonderia, e trasforma in lingotti l'oro rubato. Gioielli e perle li smercia lui stesso, in Olanda, nelle vesti di "esperto in furti" dei Lloyd: nessuno sospetterà mai della sua identità durante le trasferte all'estero... A Orléans sfugge rocambolescamente a un agguato della polizia, ricavandone una ferita alla fronte: dovendosi ritirare nell'ombra per qualche tempo, si crea una nuova identità facendosi scritturare come attore di secondo piano nelle rappresentazioni teatrali del *Quo vadis*: per tre franchi e mezzo a sera indossa la toga da senatore romano e rimane a dormire dietro il sipario, eludendo le affannose ricerche della gendarmeria. Ma non appena torna in attività, qualche tempo più tardi, il cerchio comincia a stringersi intorno a lui finché, il 21 aprile 1903, anche la fortuna si schiera con la legge e Alexandre-Marius Jacob viene catturato dopo una serie di inseguimenti e colluttazioni prima in strada, poi su un treno, e infine addirittura all'interno di una carrozza, dove lo riducono all'impotenza.

Il dossier dell'accusa conta ben centossessantun pagine con circa ventimila capi di imputazione, un battaglione di fanteria occupa l'intero Palazzo di giustizia e all'esterno, oltre ai gendarmi, viene schierato il 30° Reggimento Cavalleggeri comandato da un generale in alta uniforme: si temono disordini, e la folla di anarchici e simpatizzanti urla "Viva Jacob!" a ogni entrata e uscita dello scortatissimo cellulare. Quando il presidente della corte gli chiede il perché di tanti furti, e cosa mai ne faceva di tutto il denaro ricavato, visto che l'istruttoria ha provato che viveva poveramente, mangiando in un ristorante sul boulevard Voltaire per un franco e venticinque centesimi, Jacob risponde: "Glielo spiego subito, ma temo non sia in grado di capire. Ogni giorno, tanti operai muoiono in miseria. Innumerevoli poveracci vegetano e crepano senza che nessuno se ne occupi. Gran parte della popolazione vive senza un tetto per ripararsi dal freddo, patendo la fame, le malattie, la disperazione... Io ho tentato di vendicarli, e di aiutarli, per quel poco che ho potuto. Ho solo fatto il mio dovere. Ovunque abbia visto ville e castelli sono entrato a riprendere una parte del maltolto. Ho derubato i veri ladri. Questa società è marcia, e anche voi ne siete la prova".

Il 22 marzo 1905 viene pronunciato il verdetto: condanna ai lavori forzati a vita. Ma anche il tribunale di Orléans vuole processare Jacob. Qui, durante una pausa dell'udienza, si fa condurre nei gabinetti e scopre che sul soffitto c'è un pannello di legno: lo rimuove, si inerpica, striscia, e infine trova un'apertura, attraverso cui si lascia cadere... E piomba nuovamente nell'aula del tribunale. Seconda condanna ai lavori forzati a vita, semmai non gliene fosse bastata una. Chiuso in una gabbia nel fondo di una stiva, Jacob arriva alla Guyana nel gennaio del 1906. E inizia la sua lotta incessante contro l'amministrazione della colonia penale. Il direttore, il comandante Michel, scriverà nelle sue memorie: "Se avessi potuto ottenere una tregua con Jacob, quello stesso Jacob che ha ispirato al romanziere Maurice Leblanc il personaggio di Arsenio Lupin, l'avrei fatto ben volentieri. Io che ho avuto a che fare con migliaia di condannati, sono stato messo in scacco da uno solo di essi. Mi ha tenuto testa per anni. Sentivo che Jacob, rinchiuso nella sua cella, era molto più pericoloso degli smargiassi che imponevano la loro legge a colpi di coltello".

Ventitré anni di Guyana, dei quali almeno nove passati in segregazione con i ceppi alle caviglie, e diciassette tentativi di evasione: infine, una vasta campagna di mobilitazione appoggiata dai giornali meno conservatori ottenne la liberazione di Jacob. Nel 1950 terminò di scrivere la storia della sua vita, *Un anarchiste de la Belle Époque*, pubblicato dall'editore Seuil di Parigi.

Un sabato di agosto del 1954, nel paesino di Bois-Saint-Denis dove si era ritirato nel silenzio della propria vecchiaia, Alexandre-Marius Jacob organizzò una festa per i bambini del vicinato, offrì loro una lauta merenda, poi si chiuse nella modesta casa solitaria e scrisse una lettera agli amici.

"Ho vissuto un'esistenza piena di avventure e sventure, e mi considero soddisfatto del mio destino. Dunque, voglio andarmene senza disperazione, il sorriso sulle labbra e la pace nel cuore. Voi siete troppo giovani per apprezzare il piacere di andarsene in buona salute, facendo un ultimo sberleffo a tutti gli acciacchi e le malattie che arrivano con la vecchiaia. Ho vissuto. Adesso posso morire."

E aggiunse un poscritto: "Vi lascio qui due litri di vino rosato. Brindate alla vostra salute".

Era ormai sera. Jacob accarezzò il vecchio cane Negro, un cocker di diciannove anni, cieco e sordo, poi gli fece un'iniezione. Quindi ricaricò la stessa siringa con una dose letale di morfina e se la iniettò. Si distese sul letto, e si addormentò serenamente. Sorridendo.

9.

Nicola & Bart

Boston, 23 agosto 1927. Il carcere di Charlestown è una tetra fortezza ottocentesca, cinta da alte mura in mattoni scuri. Le migliaia di manifestanti che si sono radunati nelle vicinanze vengono fronteggiati da legioni di poliziotti in assetto da battaglia, le case intorno sono state perquisite preventivamente e sui tetti hanno piazzato mitragliatrici e riflettori. La città è paralizzata dallo sciopero generale, scontri e tafferugli provocano numerosi feriti e centinaia di arresti. La giornata afosa volge al termine, in un crescendo di tensione. Dopo il tramonto, la prigione e le strade adiacenti sono rischiarate dalla luce livida delle fotoelettriche, nell'aria echeggiano cori, slogan, preghiere, canti di lotta, urla isolate. Alle forze di polizia sono state distribuite ventimila cartucce, due blindati carichi di munizioni stazionano dietro gli squadroni a cavallo.

A mezzanotte, cala un silenzio irreale. Gli uomini in divisa stringono le armi e fissano la massa di dimostranti, che adesso è immobile e muta, tutti gli occhi rivolti in alto, verso l'invisibile costruzione che sorge al di là delle mura.

Nicola Sacco entra con passo sicuro nella stanza della morte. Guarda uno per uno i volti degli uomini presenti, poi si siede sulla sedia elettrica, fortemente illuminata al centro del locale. Rivolto alla penombra che lo circonda, dice: "Addio moglie mia, figli miei, compagni miei. E a voi, signori: buonasera". Quando finiscono di sistemare le cinghie e il casco metallico, Sacco raccoglie le forze per un ultimo gesto di fierezza, e pronuncia ad alta voce: "Viva l'anarchia!".

Alle ore 0.13 mister Robert Elliott, il boia, abbassa la leva una prima volta. La scarica da 1800 volt attraversa il corpo del condannato, facendolo sussultare. Quando Elliott alza la leva, Nicola Sacco è ancora vivo. Una seconda scarica da 2000 volt lo finisce. Il cadavere viene adagiato su una barella nascosta da un paravento.

Fanno entrare Bartolomeo Vanzetti. Ha un sorriso sinistro sulle labbra, e avanza a testa alta. Prima che lo leghino, stringe la mano ai guardiani e dice, con voce ferma e chiara: "Voglio ribadire che sono innocente. Ho commesso i miei peccati, ma mai un delitto. Ringrazio tutti quelli che si sono battuti per dimostrare la mia innocenza". Mentre gli calano il casco sul capo, aggiunge: "Desidero perdonare le persone che mi stanno facendo questo". Alle ore 0.21 Elliott abbassa la leva. La scarica è di "soli" 1400 volt. Il corpo di Bartolomeo Vanzetti si inarca per tre volte. È ancora vivo. Seconda scarica. Dopo uno spasimo che ai testimoni sembra interminabile, il condannato cessa di vivere. L'unico giornalista presente, Playfair dell'Associated Press, è sconvolto, e scrive sul suo taccuino: "Perché immettere una corrente così bassa, quando si poteva risparmiare questa raccapricciante sofferenza?".

Si è appena conclusa una delle più controverse vicende della storia giudiziaria statunitense, durata sette anni e destinata a sollevare sdegno e proteste per molti decenni.

Quella che diventerà un'infamante macchia per la giustizia statunitense ha inizio il 15 aprile 1920, un giovedì. South Braintree è un sobborgo della periferia sud di Boston, dove sorgono numerose fabbriche di calzature. Verso le tre del pomeriggio arriva il cassiere Frederick Parmenter, che sta portando le paghe al calzaturificio Slater & Morrill, 15.776 dollari in due cassette di legno. È scortato dalla guardia giurata Alessandro Berardelli, di origine italiana, che segue Parmenter a pochi passi di distanza, portando una delle due cassette. Accanto all'entrata della fabbrica sosta da alcune ore un uomo, volto slavato, capelli chiari, magro, con soprabito scuro e cappello di feltro grigio. Nelle vicinanze di un altro calzaturificio, il Rice & Hutchins, ci sono due tizi che se ne stanno con le mani in tasca, fingendo di chiacchierare tra loro: corporatura tarchiata e colorito scuro, hanno l'aspetto di spagnoli o latinoamericani, simili a molti immigrati che lavorano e abitano nella zona. Parmenter e Berardelli svoltano l'angolo di Railroad Avenue e imboccano Pearl Street, attraversando i binari per raggiungere lo stabilimento. Salutano Jimmy Bostock, addetto alla manutenzione dei macchinari, che si sta dirigendo alla sede centrale. Pochi istanti dopo, il biondino fermo vicino ai cancelli si accende una sigaretta. È il segnale convenuto. I due complici scendono dal marciapiede, quello che porta un berretto calato sulla fronte raggiunge Berardelli e gli punta una pistola. La guardia tenta di impugnare il suo revolver Harrington & Richardson calibro 38, l'altro gli spara tre colpi a bruciapelo. Parmenter non fa in tempo a fuggire, viene colpito anche lui al petto. Si volta, e riceve una seconda pallottola nella schiena. Sentendo gli spari, il meccanico Bostock accorre verso le vittime, ma viene preso di mira dall'aggressore: due colpi lo sfiorano senza ferirlo. Intanto, un'automobile scura, che era stata notata nella zona fin dal mattino, si dirige verso i rapinatori. Passando accanto a Berardelli, che nonostante le gravi ferite sta cercando di rialzarsi, uno dei due occupanti si sporge e lo finisce sparandogli con una semiautomatica. Prima di salire a bordo, uno dei complici che si sono impossessati delle cassette scarica la pistola contro le vetrate della fabbrica, costringendo le numerose operaie affacciate a ritirarsi precipitosamente. Le sbarre del passaggio a livello si sono abbassate per l'arrivo del treno diretto a Brockton. L'auto inchioda, uno dei banditi minaccia il casellante, che si affretta a rialzarle: superate le rotaie, la macchina scompare verso Randolph, in mezzo alla boscaglia.

Berardelli è morto. Parmenter, agonizzante, si spegnerà l'indomani in ospedale. Quattro bossoli calibro 32 sono rimasti sul terreno, espulsi da una pistola semiautomatica. Le indagini, condotte dal capo della polizia di South Braintree, Jeremiah Gallivan, si presentano difficili fin dall'inizio: i numerosi testimoni discordano nella descrizione sia dei rapinatori sia della macchina, creando una gran confusione. Oltre ai bossoli, l'unico indizio nelle mani degli investigatori è un berretto raccolto da un testimone, probabilmente apparteneva all'uomo che ha sparato.

La "svolta nelle indagini" maturerà all'interno di una contorta vicenda collaterale, dove casualità e pregiudizi prevarranno su qualsiasi professionalità investigativa. Michael Stewart, capo della polizia di Bridgewater, distretto da cui dipende South Braintree, sta indagando su un tentativo di rapina avvenuto circa cinque mesi prima, il 24 dicembre 1919: in quell'occasione i banditi avevano attaccato un furgone portavalori a Bridgewater, senza riuscire a fermarlo nonostante i colpi sparati all'impazzata. Nessuna delle guardie era rimasta ferita. Secondo i testimoni, l'auto degli assalitori era una Hudson Six. E la descrizione degli occupanti presenta tutti i cliché dell'immigrato: scuri, tarchiati, baffuti. Stewart è noto per la sua avversione nei confronti degli anarchici e degli italiani, e le indagini si dirigono immediatamente verso il loro ambiente. Negli Stati Uniti è in atto una rozza campagna contro i sovversivi venuti dall'Europa a inquinare i valori dell'America anglosassone e conservatrice, qualsiasi occasione è buona per incolpare la "feccia anarchica". Stewart ha già ottenuto il foglio di via per due anarchici italiani, Ferruccio Coacci e Mike Boda: con l'accusa di aver diffuso "stampa sovversiva", entrambi sono in lista d'attesa per essere rimpatriati. Quando viene ritrovata l'auto della sanguinosa rapina di South Braintree, una Buick abbandonata a pochi chilometri da Brockton, Stewart si convince che sia la stessa usata a Bridgewater, accantonando senza indugi l'ipotesi che si trattasse di una Hudson. E la Buick, guarda caso, è stata lasciata in un punto "non troppo distante" da Puffer's Place, dove gli anarchici italiani hanno una sede in cui tengono riunioni con i lavoratori della zona. Per Stewart le indagini hanno preso un indirizzo preciso. E cercando di arrestare Mike Boda, i suoi poliziotti fermano altri due anarchici, per giunta italiani, e soprattutto armati di pistola. Li hanno bloccati su un tram mentre si allontanavano dalla zona in cui era stato segnalato Boda: si chiamano Bartolomeo Vanzetti e Nicola Sacco. Nelle tasche del primo trovano un revolver Harrington & Richardson calibro 38 e dei volantini anarchici. In quelle del secondo, una Colt semiautomatica calibro 32 e un foglio in italiano che invita gli operai a un dibattito condotto da Bartolomeo Vanzetti. Sul perché girino armati, i due – che conoscono solo poche parole d'inglese – tentano di giustificarsi sostenendo che quelle pistole non le hanno mai usate ma le portavano soltanto per difendersi da eventuali aggressioni. Occorre a questo punto considerare il clima dell'epoca: gli scioperi operai sfociano spesso in duri scontri con la polizia, il padronato non esita ad assoldare pistoleri della malavita per reprimere manifestazioni e "dare una lezione" ai leader più in vista delle rivolte sindacali. Molti anarchici sono armati per respingere le continue aggressioni, e sfoderare una pistola nel momento critico a volte è l'unico modo per sfuggire a un feroce pestaggio o a un agguato mortale. Inoltre, gli anarchici sono particolarmente odiati per aver osteggiato l'interventismo statunitense nella Prima guerra mondiale, ed essersi sottratti all'arruolamento rifugiandosi temporaneamente in Messico: il ritorno dei reduci ha acuito ancor più il disprezzo nei loro confronti, e il rancore si è trasformato ben presto in una campagna di caccia alle streghe dove gli immigrati anarchici sono il bersaglio principale. Proprio tre giorni prima che Sacco e Vanzetti venissero arrestati, un altro anarchico italiano, il tipografo Andrea Salsedo, era volato dal quattordicesimo piano di un commissariato di New York, dove si trovava in stato di fermo per aver stampato manifestini. Gli anarchici accusano la polizia di averlo assassinato dopo giorni di pestaggi e torture. Ma per i due fermati, tutto questo non può certo costituire una valida giustificazione al possesso delle pistole. Nella Boston dell'aristocrazia industriale ossessionata dal "pericolo rosso", la polizia esulta ritrovandosi tra le mani due anarchici armati ed esposti a qualsiasi sospetto.

È il 5 maggio 1920. Inizia così la tormentata vicenda del caso Sacco e Vanzetti. Nicola Sacco è nato nel 1891 a Torremaggiore, in Puglia, da una famiglia contadina. Emigrato a diciassette anni negli Stati Uniti, ha lavorato prima come manovale, poi operaio in fonderia, e infine è riuscito a farsi assumere in un calzaturificio dove si specializza nella cucitura delle tomaie. Sposato con Rosina Zambelli, figlia di un immigrato piemontese, ha due figli, Dante e Ines. Nel 1917 si è rifugiato in Messico per evitare l'arruolamento; tornato negli Stati Uniti ha intrapreso un'assidua militanza nelle file dell'anarcosindacalismo, organizzando scioperi che gli sono valsi la schedatura come agitatore. Bartolomeo Vanzetti è nato nel 1888 a Villafalletto, in provincia di Cuneo. A soli tredici anni era garzone di pasticceria; dopo la morte della madre, nel 1908, è emigrato negli Stati Uniti, sbarcando a New York. Ha svolto ogni sorta di lavoro: bracciante, lavapiatti, manovale, fonditore, spostandosi in diverse città, finché i pochi risparmi non gli hanno permesso di acquistare un carretto da pescivendolo, mestiere con cui si guadagna da vivere a Plymouth. Anarchico convinto, ha partecipato a numerosi dibattiti in cui si è distinto per l'oratoria pacata ma decisa, esponendo le proprie idee sempre improntate alla solidarietà e alla lotta contro l'ingiustizia, senza mai esaltare la violenza o incitare a compierla. Anche lui è noto alla polizia per l'attivismo politico, e quando lo arrestano sta raccogliendo elementi sulla morte di Salsedo per dimostrare che si era trattato di un assassinio politico.

Messi a confronto con i testimoni della rapina a South Braintree, nessuno di questi riconosce i due sospettati. Solo il casellante dice che Vanzetti gli *sembra* il bandito alla guida della Buick. Bartolomeo non ha mai guidato un'auto in vita sua, ma al momento nessuno raccoglie le sue proteste. Inoltre, il confronto si è svolto in modo a dir poco insolito: i due imputati in una stanza, senza altri uomini tra i quali identificarli, e costretti a ripetere i gesti di sparare, correre, togliersi e mettersi il cappello. Poi, l'agente Bowles, che aveva assistito alla rapina di Bridgewater, indica in Vanzetti l'uomo con i "baffetti" che avrebbe sparato contro il furgone. Anche il cassiere Cox ha usato il termine "baffetti", mentre Bartolomeo Vanzetti porta da anni i baffi folti e spioventi che gli ricoprono la bocca. La contraddizione dell'agente Bowles viene ignorata, e in base alla sua affermazione l'anarchico italiano è accusato della tentata rapina di Bridgewater. Il calcolo degli inquirenti è semplice quanto letale: se Vanzetti sarà condannato per quel primo crimine, si presenterà al processo per gli omicidi con un precedente schiacciante, che non gli darà scampo. E Sacco sarebbe il complice unitosi nella seconda impresa. Dell'esistenza di altri tre banditi, da questo momento in avanti nessuno parlerà più, come se fossero stati due anziché cinque gli uomini responsabili dell'assalto al portavalori Parmenter e al furgone di Bridgewater.

Molti clienti di Vanzetti depongono spontaneamente dichiarando che il 24 dicembre avevano comprato del pesce da lui a Plymouth, ma in fase istruttoria l'avvocato assunto dai compagni di Vanzetti, tale John Vahey, commette inspiegabili errori e dimenticanze, praticamente non sfrutta i testi a favore e nelle successive arringhe risulta confuso e incerto. Quattro anni dopo quel vergognoso processo, Vahey diventerà socio dello studio legale di Frederick Katzmann, il procuratore che rappresenta l'accusa... Presiede il dibattimento il giudice Webster Thayer, che a partire dal 22 giugno dimostra un atteggiamento così ostile all'imputato da risultare sfrontato. Thayer neppure ascolta i testi che sfilano sostenendo l'alibi di Vanzetti, lascia che Katzmann infierisca su di loro oltre ogni limite, scandalizza i cronisti presenti in aula quando, più d'una volta, li zittisce liquidandoli in pochi minuti. E concede la massima attenzione all'esperto balistico della polizia, il capitano William Proctor, secondo il quale le cartucce sequestrate a Vanzetti sarebbero identiche ai bossoli rinvenuti nei pressi del furgone. Il 16 agosto Thayer condanna Bartolomeo Vanzetti a una pena "non inferiore ai dodici anni e non superiore ai quindici".

Il giudice Thayer ottiene di presiedere anche il processo per la rapina di South Braintree, che si svolgerà a Dedham. Thayer è ambizioso, aspira alla carica di governatore del Massachusetts, e dimostrarsi inflessibile con i "sovversivi" aiuterà notevolmente la sua carriera. Pubblico ministero, sempre Katzmann. E Stewart viene nominato investigatore ufficiale, come ricompensa alla sbrigativa soluzione trovata per i fatti di Bridgewater. Il copione sarà lo stesso: nella fase istruttoria non si menzionano i cinque autori della rapina, ma tutte le indagini puntano sui due arrestati. Il tipografo Aldino Felicani organizza un comitato di difesa raccogliendo tra gli anarchici dei fondi che serviranno per assumere l'avvocato Fred Moore, noto per le sue simpatie di sinistra. Moore affronta il caso con irruenza e spregiudicatezza, impronta la difesa su elementi politici più che sui riscontri oggettivi, e finirà per attirarsi l'astio dell'opinione pubblica benpensante, oltre che l'avversione preconcetta del giudice Thayer. Gli anarchici del comitato tentano di riparare assumendo i fratelli McAnarney, tre noti avvocati di indubbia "fede moderata", che dopo lunghi colloqui con gli imputati accettano l'incarico.

Il processo inizia il 7 giugno 1921. Sacco e Vanzetti seguono a fatica il dibattimento: nonostante i febbrili studi fatti in carcere non sono ancora in grado di esprimersi in un inglese fluente. Rosina Sacco è in aula, con la piccola

Ines. Nicola appare invecchiato, stanco. Vanzetti, invece, conserva il portamento austero e orgoglioso, non abbassa mai lo sguardo e dimostra una incrollabile forza interiore. Sfilano i testi, contraddicendosi a vicenda: c'è chi riconosce in Sacco l'uomo che ha aggredito Parmenter e Berardelli, mentre qualcun altro assicura che è stato lui a sparare sporgendosi dalla vettura, poi è la volta di una certa Lola Andrews, che quel giorno si trovava a South Braintree per cercare lavoro presso la Rice & Hutchins. La Andrews aveva chiesto un'informazione proprio a uno dei banditi della Buick, che stava armeggiando sotto il cofano. E in tribunale indica Sacco, quando durante le indagini aveva escluso fosse lui. Purtroppo, l'avvocato Moore dimentica di sottolineare che Sacco non parla bene l'inglese, mentre il tizio in questione aveva dato indicazioni esprimendosi correttamente e senza un accento particolare. Il casellante, poi, riconosce Vanzetti: è l'uomo al volante che gli ha imposto di alzare le sbarre. Ma tutti i testimoni concordavano nel descriverlo biondiccio, pallido, probabilmente slavo. Vanzetti è bruno, robusto, baffoni neri inconfondibili. Katzmann liquida il tutto come "discordanza di scarso rilievo", e nessuno prende in considerazione il fatto che Vanzetti non sappia guidare, come sostenuto da vari conoscenti. L'ultima sorpresa è l'affermazione dell'accusa riguardo il revolver Harrington & Richardson in possesso dell'imputato: sarebbe lo stesso appartenuto alla guardia Berardelli. Durante l'istruttoria non era mai stata avanzata tale ipotesi. In quanto alla Colt calibro 32 di Sacco, i periti balistici si dimostrano inconcludenti, ma Katzmann riesce a strappare al capitano Proctor una frase ambigua che poi userà a proprio vantaggio: "Credo si presti a far ritenere che sia stata quella pistola a sparare la pallottola rinvenuta sul corpo di Berardelli". Proctor si è lasciato intimidire dall'accusa, ma più tardi, a processo concluso, dichiarerà che la perizia balistica non ha chiarito nulla, e per di più è convinto si sia trattato di una banda di professionisti del crimine a cui i due imputati sono evidentemente estranei. Un gruppo di manovali italiani che lavoravano in Pearl Street concordano nel non riconoscere i due imputati, uno ribadisce che l'uomo alla guida era "pallido e biondo", ma la loro testimonianza, in quanto italiani, non viene tenuta in grande considerazione. Però anche alcuni abitanti di

South Braintree, statunitensi a tutti gli effetti, escludono che Sacco e Vanzetti siano due dei cinque banditi, mentre il berretto rinvenuto sul luogo dell'assalto è troppo stretto per la testa di Nicola Sacco. Cresce la speranza nell'assoluzione. Finché Katzmann non interroga i due, puntando esclusivamente sulla loro "diserzione" durante la Grande Guerra: i giurati popolari, presumibilmente tutti ferventi patrioti, sono fortemente influenzati dall'accusa, che li dipinge come traditori di una patria che li aveva accolti, nonché bugiardi, perché se fossero stati dei veri pacifisti, non sarebbero andati in giro con una pistola in tasca... Sacco reagisce spiegando, nel suo inglese stentato, che ha rifiutato la guerra perché decisa dai potenti sulla pelle dei poveri, i quali non godono delle stesse libertà garantite ai cittadini abbienti, e arriva a criticare l'ingiustizia delle donazioni fatte dai ricchi alle università, dove solo i figli dei milionari hanno accesso, mentre gli immigrati e i neri ne sono esclusi. I giurati, tutti uomini della media borghesia, alcuni avanti con gli anni, sicuramente non gradiscono le parole dell'imputato, che come anarchico è comunque un nemico della società in cui essi credono. Poco prima che emettano il verdetto, il giudice Thayer incontra l'avvocato George Crocker al circolo universitario di Boston, e gli dice testualmente: "Quei due bastardi sono sistemati per le feste!". Crocker rimane scandalizzato dalla parzialità del giudice, ma quando renderà noto il fatto, sarà troppo tardi. Poi Thayer tiene un lungo discorso alla giuria, prima che si ritiri, e conclude così: "Signori, siate giusti e forti. Che l'unico scopo al quale mirate sia quello della vostra Nazione, di Dio e della Verità". Non a caso, ha messo la nazione al primo posto, e la verità all'ultimo. Giovedì 14 luglio 1921 Bartolomeo Vanzetti e Nicola Sacco vengono dichiarati colpevoli di omicidio di primo grado. Sacco urla: "Sono innocente! State uccidendo degli innocenti!". Rosina gli si getta al collo piangendo. Vanzetti fissa la scena senza dire una parola.

Nei mesi seguenti sorgono spontaneamente comitati per la loro difesa in ogni parte del mondo, le ambasciate statunitensi ricevono tonnellate di lettere e telegrammi, dall'America latina all'Europa scoppiano disordini durante le manifestazioni di protesta, mentre appelli di intellettuali di vari paesi piovono a Washington e a Boston. Tra gli altri, si mobilitano e scrivono articoli di protesta personaggi del calibro di Albert Einstein, George Bernard Shaw, John Dos Passos, Romain Rolland... Gli avvocati presentano istanza per un nuovo processo, ma è il giudice Thayer a doversi pronunciare in merito, e ovviamente respinge la richiesta. Allora si passa alle eccezioni da sollevare, ben cinque, e l'avvocato Thompson, autorevole giurista di Harvard, accetta di entrare a far parte del collegio difensivo. Thompson ha seguito il dibattimento convincendosi, giorno dopo giorno, che gli imputati non abbiano avuto affatto un processo equo: l'aggressività prevaricatrice della pubblica accusa ha confuso i testi, l'atteggiamento del giudice ha ridotto gli spazi della difesa, senza contare che Thayer doveva essere ricusato anche solo per quella frase pronunciata al circolo universitario, mentre a Sacco e Vanzetti non è stato concesso un interprete e buona parte di quanto avveniva non lo hanno neppure potuto comprendere. Ma è sempre Thayer a dover valutare le eccezioni, e dal 1° ottobre all'8 novembre 1923 le affossa una dopo l'altra ritenendole "infondate". Ancora una volta, si vanta con dei conoscenti di aver sistemato "i due bastardi", aggiungendo: "Adesso se ne staranno buoni per un po'".

Nel novembre del 1925 avviene un fatto che dovrebbe invalidare il processo. Sacco è rinchiuso nel carcere di Dedham, dove un detenuto portoghese, Celestino Madeiros, accusato di aver ucciso un cassiere di banca, lo avvicina e gli rivela: "Ho partecipato all'assalto di South Braintree. Sono disposto a confessare". L'avvocato Thompson lo interroga subito, e Madeiros fornisce ogni dettaglio della rapina, è in grado di provare che l'indomani aveva depositato duemilaottocento dollari in banca, descrive la banda di italoamericani a cui si era unito, ma dei quali conosce solo un nome, "Mike". Thompson incarica un aiutante, Herbert Ehrmann, di indagare. Questi scopre che tra il 1919 e il 1920 era attiva una banda di rapinatori composta dai cinque fratelli Morelli: Joe, Fred, Pasquale, Frank e... Mike. La tecnica della rapina in cui Madeiros ha ucciso un cassiere è simile a quella impiegata a South Braintree, e quello che viene considerato il cervello della banda, Joe, si trova attualmente rinchiuso nel carcere di Fort Leavenworth. Ehrmann chiede un colloquio, e resta di stucco: Joe Morelli assomiglia in modo impressionante a Nicola Sacco, quasi un sosia. Il gangster, come era prevedibile, nega tutto e lo manda all'inferno. Thompson, forte della confessione scritta di Madeiros e degli indizi raccolti, torna alla carica. La procedura impone che il giudice del primo processo resti arbitro dei ricorsi, quindi è sempre Thayer a doversi pronunciare: il 25 ottobre 1926 respinge anche la confessione di Madeiros definendola "priva di fondamento e indegna di fiducia". Thompson ricorre in appello. Per Nicola Sacco e Bartolomeo Vanzetti continua la tortura delle speranze che si riaccendono e poi, inesorabilmente, crollano. Nel marzo del 1927, Felix Frankfurter, docente di diritto a Harvard, pubblica una dura requisitoria su un giornale definendo il processo "scandaloso" e affermando che i due imputati non hanno goduto dei diritti civili sanciti dalla costituzione statunitense. Nonostante l'eco suscitata negli ambienti giudiziari, la Corte d'appello respinge anche l'ultimo ricorso. Il 9 aprile, nell'aula del tribunale di Dedham, Sacco ribadisce la propria innocenza e Vanzetti tiene un lungo e accorato discorso – stavolta padroneggiando la lingua inglese – in cui tra l'altro sfida Thayer a guardarlo negli occhi, e ricorda che nel primo processo, per la tentata rapina di Bridgewater, era difeso da un avvocato che poi si è rivelato al servizio del pubblico ministero. Conclude così: "Non auguro a nessuno, neppure al più miserabile nemico, le sofferenze che mi sono toccate per colpe non commesse. Certo, ho altre colpe. Subisco tutto questo perché sono anarchico, e perché sono un italiano. Ma se voi poteste mandarmi a morte due volte, e per due volte tornassi a vivere, rifarei esattamente ciò che ho fatto finora".

Thayer non gli ha rivolto neppure uno sguardo, e al termine scandisce con voce glaciale: "Siete condannati entrambi alla pena di morte mediante passaggio di corrente elettrica attraverso il corpo, entro la settimana che comincerà da domenica 10 luglio, nell'anno di grazia 1927".

E in quanto a Celestino Madeiros, sarà giustiziato per primo.

Solo il governatore Alvan Fuller può fermare la leva del boia. Dopo aver esaminato il caso, il 3 agosto comunica ai giornalisti che "Sacco e Vanzetti hanno avuto un processo equo". L'ultima speranza si è spenta.

Molti anni dopo, il gangster italoamericano Vincent Teresa riporterà nelle sue memorie un colloquio avuto con Frank Morelli, uno dei cinque fratelli della banda, che un giorno gli disse: "Li abbiamo fatti fuori noi, i due tizi durante la rapina. Poi quei due bifolchi, Sacco e Vanzetti, ci andarono di mezzo. Noi ne abbiamo approfittato, ovviamente". Vincent Teresa racconta di averglielo chiesto una seconda volta: "Davvero sei stato tu?". "Certo, Vinnie. E quei due imbecilli si presero la colpa. Questo ti dimostra che cos'è la giustizia."

10.

Argo l'Ardito

Un bastimento in rotta per le Americhe con il suo carico di speranza e disperazione. Primi anni del secolo: emigranti italiani che si accalcano in coperta, un bivacco nel mezzo dell'oceano, famiglie intere, uomini soli, donne con bambini che vanno a raggiungere i mariti... Il grande esodo dalla miseria, il viaggio da cui molti non torneranno, inventandosi una nuova patria dove si sentiranno sempre estranei e stranieri, destinati a conservare dell'Italia immagini pervase di struggente nostalgia che, con gli anni, offuscherà le tante umiliazioni patite lasciando nella memoria i rari momenti lieti. Fra loro c'è un ragazzo, alto e robusto, dallo sguardo ardente, quasi febbricitante, imbarcatosi come mozzo sulla spinta della rabbia e del rancore: abbandona l'Italia non per bisogno ma per sete di avventura, il padre medico avrebbe potuto garantirgli studi e futura agiatezza, ma tra lui e il genitore non corre buon sangue, specie da quando si è risposato con una tedesca che il ragazzo detesta, e la morte della madre gli ha lasciato dentro un vuoto che adesso colma di risentimento. Si chiama Argo Secondari, nato a Roma il 12 settembre 1895, e ha deciso di tagliarsi i ponti alle spalle: una volta sbarcato, non dà più notizie alla famiglia, che a un certo punto lo crede morto o disperso in chissà quale angolo dello sterminato continente americano. Probabilmente è in Argentina, dove l'immensità della pampa è percorsa da carovane di italiani, polacchi, iugoslavi, tedeschi, ungheresi, tutti in marcia verso una promessa di riscatto, verso un orizzonte irraggiungibile. Per qualche tempo Argo vive alla giornata, in bilico sul labile confine che separa la legalità dall'illegalità, poi si barcamena tra i mestieri più disparati, fino a guadagnare qualcosa persino come pugile. Frequenta la gente che gli è più affine: sindacalisti rivoluzionari, anarchici, "sovversivi" senza patria che lottano in Argentina o in Cile per gli stessi diritti negati, per gli ideali che, insieme alla mancanza di lavoro, li hanno costretti a varcare l'oceano.

Quando scoppia la guerra in Europa, Argo non ha tentennamenti: si imbarca sul primo piroscafo e rientra in Italia per arruolarsi. Può sembrare uno stridente controsenso: lui, che si professa anarchico, e che fino a poco prima ha manifestato nelle strade d'America contro l'occupazione italiana della Libia, adesso parte per combattere in quello stesso esercito macchiatosi di colonialismo. Eppure, l'idea che lo spinge a una simile decisione lo accomuna a tanti altri compagni: schiacciare i despoti oscurantisti mitteleuropei e trasformare la guerra in rivoluzione per rovesciare anche i Savoia...

Il conflitto lacera e divide le sinistre di ogni paese tra interventisti e neutralisti: i primi considerano gli Imperi centrali come l'essenza stessa della tirannide, si illudono che la guerra possa addirittura favorire un processo rivoluzionario; i secondi hanno ben chiare le motivazioni imperialistiche dell'uno e dell'altro schieramento, per loro si tratterà di una carneficina di contadini e operai destinata a concludersi con la restaurazione dei vecchi poteri o con l'avvento di una nuova borghesia capitalista... Persino tra gli anarchici, antimilitaristi per antonomasia, c'è una parte minoritaria favorevole all'intervento, che in Italia arriva a fondare il settimanale "Guerra Sociale". Argo Secondari, che all'epoca nutre profonde simpatie per l'anarchismo pur non aderendo a nessun organismo o associazione specifica, è animato da sentimenti che a lui non appaiono affatto contraddittori, e mescolando ideali libertari a impeto futurista e dannunziano, si arruola volontario come soldato semplice. Ben presto, però, deve constatare che la guerra in trincea, combattuta tra poveracci dall'una e dall'altra parte, non ha niente di quel "fuoco rigeneratore" che sente dentro di sé e che lo ha proiettato in questa avventura totalizzante. Argo morde il freno, entra in conflitto con i superiori, e arriva a odiare visceralmente i carabinieri, simbolo e braccio armato di un potere ottuso e "parassitario".

Quando nel 1917 il comando del Regio Esercito decide di formare reparti d'assalto denominati Arditi, ispirandosi alle Sturmtruppen austriache ma rendendoli autonomi dalle unità di fanteria, Argo è tra i primi a fare un passo avanti. Nel Battaglione d'assalto Studenti degli Arditi si distingue subito per audacia e spericolatezza: a furia di incursioni e sabotaggi oltre le linee nemiche, pugnale tra i denti e bombe a mano lanciate da distanza ravvicinata, ottiene i gradi di tenente e addirittura una medaglia d'argento e due di bronzo al valor militare. Se non fosse per la sua condotta in battaglia e per lo sprezzo del pericolo al limite dell'incoscienza, finirebbe probabilmente davanti a un plotone d'esecuzione per indisciplina e insubordinazione... In trincea, nel 1917, bastava uno scatto d'ira o una protesta ad alta voce per essere sbattuti al muro.

La decisione di formare il Corpo degli Arditi viene presa soprattutto per un motivo: isolare i potenziali combattenti dalla massa di contadini-soldati privi di qualsiasi coesione interna e totalmente estranei a quello che si definisce "spirito di corpo". La fanteria rispecchia la situazione del paese: tra i contadini del Sud e quelli del Nord, può al massimo manifestarsi la solidarietà dei poveracci scaraventati a forza in una sventura comune, non certo sentimenti patriottici da parte di chi a malapena si sente italiano, e meno che mai suddito del regno sabaudo. I fanti combattono una guerra in cui non credono, di giorno vanno all'assalto sotto il fuoco delle mitragliatrici nemiche per non venire falciati da quelle piazzate alle loro spalle, la notte si scambiano pezzi di pane secco e patate con i disgraziati di fronte, lanciandoseli da una trincea all'altra... Il comando supremo è arrivato a commettere l'infamia di riesumare una pratica in uso all'epoca delle legioni romane, la *decimazione*: i reparti accusati di "viltà davanti al nemico" sono costretti a schierarsi, un sottufficiale fa la conta e ogni numero dieci viene fucilato sul posto. L'autolesionismo è punito con altrettanta ferocia, e sempre più spesso i superstiti degli inutili e assurdi assalti alla baionetta si guardano bene dal tornare indietro arrendendosi al primo "nemico" che trovano; tanto che, dopo la disfatta di Caporetto, il governo e le alte gerarchie militari danno disposizione di intercettare i pacchi delle famiglie che, per accordi internazionali, devono essere consegnati ai prigionieri, condannando così oltre centomila soldati italiani a morire di stenti, poiché l'esercito austroungarico, non avendo abbastanza viveri per sé, tanto meno può sfamare i prigionieri. Se gli atti di ribellione individuale, dopo tre anni di estenuante guerra di posizione, sono ormai un fenomeno dilagante, non mancano neppure episodi di aperta insurrezione collettiva, a fatica sedati dai carabinieri. Nelle mire del comando supremo c'è anche l'eventuale impiego degli Arditi come forza repressiva contro "disfattisti e codardi": ma ben presto i fatti assumono tutt'altra piega, diametralmente opposta alle iniziali intenzioni dei generali sabaudi...

Considerando il tipo di azioni che compiono, gli Arditi hanno a disposizione alloggi confortevoli per far sì che possano recuperare le forze tra un assalto e l'altro, un rancio migliore e una paga decente, e soprattutto sono esentati dai turni in trincea: rispetto alle tremende condizioni della truppa, godono di indubbi privilegi, particolare non secondario che spiega l'alto numero di adesioni volontarie, a cui va aggiunta l'immediata cancellazione di eventuali condanne per questioni di disciplina. Eppure, la grande maggioranza compie tale scelta per motivi prettamente "politici": nelle file degli Arditi si ritrovano così tutti quei giovani che si erano arruolati nella convinzione di combattere la tirannia degli Imperi centrali, in quella che considerano una guerra giusta, e tra loro vi sono quindi rivoluzionari, repubblicani di sinistra, interventisti democratici, persino anarchici i cui ideali sono legati più al ribellismo sociale che al movimento libertario ufficialmente riconosciuto. Per un singolare caso del destino, il comando supremo si ritrova con un corpo d'élite marcatamente spostato a sinistra... E le conseguenze non tardano a manifestarsi. Animati da un'istintiva insofferenza verso l'ordine costituito e profondamente avversi alla "società borghese", che considerano un'accozzaglia di imboscati e parassiti – i "pescecani" che si arricchiscono con le commesse militari mentre loro versano il sangue sul campo di battaglia –, gli Arditi finiscono per prendere spesso le parti dei poveracci di turno, del fantaccino sporco di fango, polvere e sudore, contro il carabiniere che rappresenta il potere della casta sabauda. Al punto che si registrano scontri armati e spedizioni punitive reciproche. Tra Arditi e carabinieri si arriva all'odio viscerale e apertamente dichiarato. Alle gerarchie militari si presenta una situazione paradossale: per ovvi motivi di propaganda patriottica, devono continuare a esaltare le azioni spericolate di un corpo che agli occhi dell'opinione pubblica ha assunto un'aura di leggenda, mentre nella realtà stanno allevando la classica serpe in seno...

Con la fine della guerra, per gli Arditi arriva la smobilitazione. E reinserirsi nella vita civile si dimostra molto difficile, quasi impossibile. I titoli dei giornali che li hanno osannati costruendo la leggenda degli intrepidi assaltatori, vengono dimenticati in fretta. I reduci sono soltanto un peso, una fonte di rogne, e un senso di frustrazione e risentimento verso i "borghesi accaparratori" comincia a produrre effetti dirompenti. Nel gennaio del 1919 si costituisce l'Associazione fra gli Arditi d'Italia, che si dota di uno statuto a dir poco inquietante per il governo e la casa reale: nero su bianco, afferma la necessità di una rivoluzione rigeneratrice, l'opposizione a tutte le dittature, l'appoggio ai lavoratori, la richiesta di partecipazione degli operai alla gestione degli utili e la spartizione delle terre incolte per i contadini. I futuristi entrano in totale sintonia con gli Arditi, condividendone gli stessi ideali "antiborghesi" e la loro messa in pratica. Ma contemporaneamente vengono fondati da Benito Mussolini i Fasci di combattimento, e si crea una fase di estrema confusione politica. All'inizio, fascismo e arditismo sembrano marciare di pari passo, individuando nel Partito socialista e in una sinistra ambigua e prona ai voleri dei potenti il nemico naturale. Durante il cosiddetto "biennio rosso", quando le agitazioni operaie e le occupazioni delle fabbriche sfiorano l'insurrezione generalizzata, gli Arditi rischiano di diventare il braccio armato degli industriali, in particolare quelli milanesi che forniscono ingenti contributi finanziari all'Associazione. Poi i fascisti abbandonano il frasario "rivoluzionario" e assumono comportamenti decisamente reazionari, assaltando e incendiando le case del popolo e le sedi sindacali: a questo punto dubbi e contrasti si trasformano in violente contrapposizioni. Infine, l'impresa dannunziana di Fiume sancisce l'abissale divario che separa gli ideali – per quanto nebulosi – degli ex combattenti dei reparti d'assalto dalle pratiche antioperaie dei mussoliniani. Il giornale "L'Ardito" prende le distanze in un articolo dal titolo *Arditi, non gendarmi*, affermando il netto rifiuto a diventare "poliziotti e sgherri governativi". Il ministro della Guerra vieta la circolazione nelle caserme "del giornale bolscevico 'L'Ardito'". Nel giugno del 1920 esplode la rivolta di Ancona: in questa città di forti tradizioni anarchiche, la popolazione appoggia l'11° Reggimento bersaglieri che si rifiuta di partire per l'Albania, un intervento militare apertamente osteggiato dagli ex Arditi. Per giorni e notti Ancona è sconvolta dagli scontri armati, mentre un reparto di Arditi a Brindisi si ammutina alla notizia della rivolta; i carabinieri aprono il fuoco e gli assaltatori rispondono, morti e feriti da entrambe le parti. La bufera travolge l'Associazione, lacerata da profonde divisioni interne.

Argo Secondari, anche questa volta, non ha dubbi e vede la situazione in modo per lui chiarissimo: i fascisti sono uno strumento della reazione e Mussolini non lo ha incantato fin dall'inizio con i suoi reboanti sproloqui pseudorivoluzionari. Argo è tra i pochi a essersi reinserito nella vita civile, svolge il mestiere di odontotecnico con relativo profitto, e ha fondato la sezione romana dell'Associazione Arditi d'Italia imprimendole un'impronta decisamente "sovversiva". Tanto che il Fascio di combattimento locale lo considera un avversario da tenere sotto stretto controllo, in attesa di "sistemarlo" definitivamente. Per la questura, è già schedato come anarchico. Nel luglio del 1919, mentre tanti suoi ex commilitoni rischiavano di diventare i "gendarmi" degli industriali, Argo ha organizzato con un gruppo di anarchici un attacco al Forte di Pietralata, sede del 17° Reparto d'assalto, nel tentativo di impossessarsi di armi e munizioni, e con la speranza di far ammutinare i soldati. Erano i giorni della "rivolta del carovita", con Roma in fermento tra saccheggi e scontri. Il governo aveva schierato l'esercito, e Argo contava sulla propria autorità di tenente degli Arditi per convincere gli assaltatori a schierarsi con la popolazione. Ma gli è andata male, i militari sono rimasti inerti e buona parte dei suoi compagni sono stati catturati. La stampa governativa ha montato l'episodio spacciandolo addirittura per un tentativo di colpo di stato, ma in realtà con quelle armi Argo progettava di occupare i mercati generali per distribuire viveri alla popolazione. Riuscito a fuggire, benché ricercato, tra l'agosto e l'ottobre del 1919 ha partecipato alla spedizione di Fiume con D'Annunzio e i suoi legionari, scatenando accesi contrasti con i fascisti presenti: nelle intenzioni di Argo, a Fiume si sarebbe dovuta proclamare una "Repubblica dei soviet", altro che vagheggiamenti patriottardi e nazionalisti... Argo viene arrestato qualche mese dopo, tornando in libertà nel marzo del 1920 per un'amnistia. Il governo lo teme, perché possiede un forte ascendente sugli ambienti combattentistici e non si è ancora spenta l'eco delle sue imprese al fronte. Nel maggio del 1920 capeggia l'ala di estrema sinistra che provoca la scissione dell'Associazione, che in seguito finirà per sciogliersi del tutto, e durante le lotte operaie del biennio ha inutilmente tentato di schierare gli Arditi con i lavoratori in sciopero. Un anno dopo, nell'estate del 1921, insieme a commilitoni più dichiaratamente di sinistra e militanti anarchici, fonda gli Arditi del Popolo, e chiarisce subito le intenzioni in un articolo su "Il Paese": "Fino a quando i fascisti continueranno a bruciare le case del popolo, fino a quando assassineranno i fratelli operai, gli Arditi d'Italia non potranno avere nulla in comune con loro. Un solco profondo di sangue e macerie fumanti divide fascisti e Arditi". Poi viene redatto un manifesto programmatico che è anche un appello a "Arditi, lavoratori e proletari oppressi", in cui la prosa di ispirazione dannunziana di Argo è nettamente riconoscibile; vi si legge tra l'altro:

"Come fummo arditi in battaglia, con l'istinto insofferente radicato nell'animo, noi siamo sempre i ribelli. [...] Il campo è ormai ben delineato: lavoratori da un lato, parassiti, energumeni e aggressori dall'altro. [...] Noi Arditi, che non ci vendemmo né prostituimmo, noi che restammo incontaminati dalle imperialistiche passioni, reparto anarchico per eccellenza [...] noi sovversivi nel senso più vasto della parola, non daremo mai il nostro braccio per le tirannie...".

Il I Battaglione Arditi del Popolo è composto da tre compagnie: *Temeraria*, *Dannata* e *Folgore*. Argo dichiara in una assemblea che l'organizzazione è decisa a opporre violenza alla violenza, mentre le adesioni arrivano a ritmo vertiginoso. Poche settimane più tardi, il 6 luglio, si tiene a Roma una grande manifestazione contro le aggressioni fasciste alla quale partecipano decine di migliaia di persone. Nella capitale cinta d'assedio, con squadroni di cavalleria e un impressionante spiegamento di guardie regie, polizia e carabinieri, nel piazzale dell'Orto botanico dove si tengono i comizi antifascisti, arrivano gli Arditi del Popolo: sono circa tremila, marciano schierati militarmente e inquadrati in trenta centurie, con Argo Secondari alla testa, vessilli neri – il colore degli anarchici – e pugnale alla cintura, oltre a mazze ferrate in spalla al posto dei fucili. I manifestanti applaudono e lanciano grida di incitamento, il questore si precipita a inviare un rapporto allarmato al prefetto...

Se la destra si preoccupa, la sinistra – come da consolidata abitudine italica – si prodiga in prese di distanza e anatemi. Il Partito socialista, con l'ambigua posizione di sbandierata non violenza che lo porterà al totale immobilismo, condanna senza mezze misure gli Arditi del Popolo, mentre i vertici del Partito comunista d'Italia, reagendo con miope settarismo, sconfessano pubblicamente – e mettendoci un livore degno di ben altri obiettivi – la formazione di organizzazioni "paramilitari", creando profonde lacerazioni nelle proprie file: molti comunisti infatti aderiscono agli Arditi, non solo, ma Antonio Gramsci, sulle pagine del quotidiano comunista "L'Ordine Nuovo", si schiera decisamente con loro, arrivando a criticare così aspramente la scarsa lungimiranza dei dirigenti da scrivere che questi "si illudono ancora di potere, con delle contrattazioni vergognose, evitare le bastonature e le pallottole alle loro persone".

Malgrado tali ostacoli da parte di chi consideravano alleati naturali, gli Arditi del Popolo sciamano nell'intera penisola, dando vita a sezioni in ogni città con forte presenza operaia, soprattutto dove gli anarchici e i sindacalisti rivoluzionari vantano maggiori tradizioni di lotta: nell'estate del 1921 i nuovi combattenti superano ormai il numero di ventimila. Nella loro breve parabola politica, gli Arditi dimostrano che il fascismo può essere fermato, e addirittura disperso e umiliato sul suo stesso terreno fatto di vanagloria e smargiasseria, restituendo colpo su colpo e prendendo l'iniziativa di stanarlo ovunque si manifesti. Ma le forze dell'avversario si sarebbero rivelate molto più poderose: quando il governo si rende conto di ciò, difende sul campo i fascisti schierando l'intero apparato repressivo – compreso l'esercito – e scatena un'immane caccia all'Ardito con la gravissima accusa di "insurrezione armata contro i poteri dello stato".

Argo Secondari si getta nella mischia con l'impeto che lo contraddistingue. Raccoglie fondi per l'acquisto clandestino di pistole e moschetti, casse di munizioni, bombe a mano, persino alcune mitragliatrici. Per combattere i fascisti, che ormai aprono il fuoco sui manifestanti, non bastano più mazze e pugnali. Ma carabinieri e guardie regie sono sempre pronti a intervenire quando compare un fucile nelle loro file...

La struttura militare propugnata – e inizialmente realizzata da Argo – deve essere agile e molto mobile, capace di intervenire in brevissimo tempo ovunque i fascisti compiano un'aggressione, mantenendo il controllo del territorio con frequenti ronde e picchetti. L'addestramento è intenso e costante, la disciplina si basa sulla comunità d'intenti e sulla volontà dei singoli, ma è fondamentale mantenerla a livelli di reparto militare se si vuole affrontare un attacco in forze. Si dotano di un gagliardetto su cui campeggia un teschio con pugnale tra i denti e corona d'alloro sulla fronte; la sommaria divisa comprende l'elmetto "adrian", residuato bellico della Grande Guerra, maglione nero con coccarda rossa in petto e pantaloni grigioverdi. Il loro punto debole resta l'armamento: possono opporre soltanto vecchi moschetti recuperati dai depositi austriaci a fine guerra, comunque pochi, più le pistole o i fucili da caccia che ciascuno riesce a procurarsi. Arsenale del tutto inadeguato di fronte a quello dei fascisti, che ormai dispongono di ogni tipo di arma moderna; soprattutto, poi, a loro nessuno le sequestra, mentre gli Arditi devono mostrarsi in pubblico praticamente disarmati, per non scatenare sanguinosi scontri con le forze dello stato.

Si accendono mischie in ogni parte d'Italia, e a Sarzana avviene il primo impatto di notevoli proporzioni. Il 21 luglio 1921 seicento squadristi al comando dell'assassino di Matteotti, Arrigo Dumini, convergono da varie città della Toscana, decisi a dare una lezione agli abitanti della Sarzana "sovversiva" che ha osato arrestare dieci camerati carraresi. Qui accade l'unico episodio che vede i carabinieri tentare di fermare loro e non gli Arditi, coscienti del fatto che questi ultimi hanno l'appoggio della totalità della popolazione. I fascisti aprono il fuoco ferendo gravemente un carabiniere e uccidendo un ufficiale dell'esercito. Gli Arditi sarzanesi contrattaccano e scompaginano le file degli aggressori, li mettono in fuga, li inseguono per strade e campi: alla fine della battaglia ne avranno uccisi diciotto e feriti una trentina. Successivamente, lo stato interviene arrestando in massa gli Arditi per "l'inaudita strage a danno dei fascisti", dimenticando chi aveva sparato per primo nel mucchio e calpestando la memoria dell'ufficiale del suo stesso esercito.

A Roma provano a vendicarsi: un gruppo di squadristi assalta la casa di Argo, deciso a ucciderlo. Ma davanti al portone staziona sempre un esiguo gruppo di Arditi del Popolo, che comunque ingaggia subito uno scontro difensivo. Argo si affaccia alla finestra e punta la pistola sui fascisti, urlando: "Eccomi qui, branco di cialtroni, cercavate me?". A questo punto accorrono altri Arditi, e gli assalitori fuggono, cavandosela con qualche bastonata.

Dopo i fatti di Sarzana, il fascismo italiano affronta la sua prima crisi, la più grave, che porta la componente cosiddetta "agraria" – in contrapposizione con quella "urbana" – ad abbandonarsi a massacri efferati che lo spingono verso l'isolamento, mentre Mussolini tenta di correre ai ripari offrendo un "trattato di tregua" alle forze della sinistra. E la sinistra, anziché capire che è arrivato il momento di sferrare il colpo decisivo, per disperdere definitivamente lo squadrismo, scende a patti e gli permette di riconsolidarsi...

Il 3 agosto il Partito socialista, la principale organizzazione del movimento operaio e contadino, conclude il "patto di pacificazione" con il fascismo, aprendo la strada alla repressione governativa contro gli Arditi, che vengono arrestati ovunque si mostrino. Il ministero degli Interni dirama una circolare alle caserme dei carabinieri e della guardia regia impartendo l'ordine di considerare come "associazione a delinquere" ogni sezione degli Arditi del Popolo. Il Partito comunista d'Italia, da parte sua, diffida e minaccia di sanzioni disciplinari gli aderenti che risultino coinvolti nelle loro attività, proibendo qualsiasi forma di appoggio. Da soli non possono reggere l'urto con l'esercito. E intanto Argo Secondari diviene il bersaglio di attacchi concentrici, con il deputato socialista Mingrino che prima finge di difenderlo e poi ordisce la trama che lo porterà a lasciare l'organizzazione. Mingrino, per inciso, da socialista diventerà informatore della polizia regia e successivamente, espatriato in Francia, agente dell'Ovra – la polizia politica del regime fascista –, per conto della quale si infiltrerà nelle associazioni di esiliati.

Pur condannati a scomparire, gli Arditi si battono fino all'ultimo. Durante il III Congresso Nazionale del Fascio, a Roma, per ben quattro giorni ingaggiano scontri resistendo e contrattaccando. A Civitavecchia respingono squadristi e reparti militari, che ormai agiscono di concerto, infliggendo un duro colpo anche grazie all'aiuto di trecento operai iugoslavi che lavorano alla posa dei binari della ferrovia e si uniscono agli Arditi. Un mese più tardi Civitavecchia viene però espugnata da un attacco in grande stile, con forze soverchianti. Anche a Livorno la resistenza è accanita, mentre ad Ancona prendono l'iniziativa e attaccano per primi i fascisti che si apprestano a invadere la città, difesa da barricate in tutte le vie di accesso. Qui sono gli anarchici in armi a capeggiare la rivolta insieme agli Arditi, ma molti comunisti, ignorando le direttive di partito, scendono in strada al fianco degli insorti. La resistenza viene piegata dal massiccio impiego di autoblindo e armi pesanti: ancora una volta, l'esercito decide le sorti della battaglia. Stesso epilogo a Genova, dove i combattimenti durano tre giorni: alla fine, i soldati aprono il fuoco con le mitragliatrici. Anche Bari è insanguinata da tre giornate di furibonda lotta vicolo per vicolo nella città vecchia, cedendo solo all'arrivo dei mezzi corazzati. L'unica che riesce a evitare la capitolazione con successivi rastrellamenti è Parma. Assediati da quindicimila fascisti calati dalle regioni del Nord e del Centro, gli Arditi del Popolo parmensi si sono organizzati in tempo, con vere e proprie trincee e reticolati. Gli abitanti partecipano in massa all'insurrezione, la città è tutta un campo di battaglia e retrovie gestite con disciplina ed efficienza esemplare. Molti sacerdoti si uniscono alla resistenza, offrendo le panche delle chiese e i confessionali per costruire sbarramenti e barricate. Italo Balbo è al comando delle ingenti forze fasciste, e rimane così colpito dal perfetto coordinamento degli avversari sotto la guida degli Arditi, che quando lo descrive sul suo diario non nasconde una certa ammirazione. Balbo non può sapere che buona parte di quelli che sembrano fucili spianati su tetti e campanili, sono in realtà bastoni e tubi. E le munizioni sono così scarse da doverle razionare con cura, raccomandando di sparare soltanto da distanza ravvicinata. Dopo tre giorni di vani assalti, con un bilancio di trentanove squadristi morti e centocinquanta feriti, Italo Balbo accetta la sconfitta sul campo: comunque, la vittoria finale non tarderà ad arrivare... Un reparto di artiglieria, due reggimenti di fanteria, uno di cavalleria, blindati, carri armati e squadre di mitraglieri con un'infinità di nastri da sgranare sulla popolazione: questo lo schieramento inviato dal governo per dare manforte ai fascisti di Balbo. Prima che i cannoni sventrino Parma, i parmensi giocano d'anticipo, ben consigliati dagli Arditi che a questo punto si rendono conto di dover evitare la carneficina. La popolazione accoglie festosa l'esercito, come se si trattasse di liberatori anziché di invasori, e i soldati, colti alla sprovvista, non sparano un colpo e riprendono il controllo della città. I fascisti per il momento si ritirano: sanno che potranno vendicarsi più avanti.

La Marcia su Roma dell'ottobre del 1922 porta Mussolini al governo e sprofonda l'Italia in quella dittatura ventennale che si esaurirà con le immani devastazioni della Seconda guerra mondiale. La caccia all'Ardito del Popolo è aperta e spietata. Argo Secondari è il primo della lista. Non ci sono più compagni combattenti a poterlo difendere: sono tutti in carcere, in esilio, morti o braccati. Il 31 ottobre 1922 Argo cade in un agguato. Gli saltano addosso a decine, lui è solo. Si batte come una furia, si difende come può, gli fracassano il cranio a colpi di mazza. Non si riprenderà mai più. Il nemico ottiene la più crudele delle vendette: non la prigione, ma il manicomio. La scintilla della ragione si spegne nella mente di Argo, le gravi ferite al cervello lo rendono instabile e assente. Il fratello medico Epaminonda, cardiologo espatriato a Boston, tenta inutilmente di ottenere il permesso di trasferirlo negli Stati Uniti e prendersene cura. Mussolini non si degna neppure di rispondere: Argo deve pagare nel modo più atroce la colpa di aver sfidato e battuto il fascismo in campo aperto. Per diciotto interminabili anni Argo l'Ardito vive nel microcosmo muto dei ricordi, nessuno sa cosa pensi, e perché, per ore e ore, si passi la mano sui pantaloni facendo il gesto di affilare il pugnale...

A quarantasei anni, alle soglie della primavera del 1942, Argo si spegne, liberandosi finalmente del manicomio, degli infermieri-secondini, del vuoto presente, di ogni brandello della sua memoria dolorosa.

Regia Prefettura di Rieti

16 giugno dell'Anno XX dell'Era Fascista

Secondari Argo fu Giuseppe
ANARCHICO

Si comunica che il soprascritto
è deceduto in questa città il 17 marzo 1942.
Si allega certificato di morte.

11.

Jack e Pancho

Tra il fumo e la polvere sollevati dalle cannonate, un gruppo di rivoluzionari messicani si allontana su un carro trainato da cavalli lanciati al galoppo. Dietro, un uomo a piedi li insegue, finché riesce a raggiungerli e a saltare sul pianale. La polvere offusca la scena, durata una manciata di secondi. Nel film *Reds*, scritto, interpretato e diretto da Warren Beatty, i sei mesi trascorsi in Messico nel 1913 da John Reed vengono riassunti in pochi fotogrammi, a cui si aggiungerà più avanti una curiosa fotografia di Pancho Villa (quello vero) accanto a Warren Beatty nei panni di Jack, come gli amici chiamavano Reed. La sua vita sarebbe rimasta per sempre legata a un'altra rivoluzione, quella bolscevica, tanto che ancora oggi il grande giornalista statunitense è sepolto al Cremlino, e la sua opera più celebre resta *I dieci giorni che sconvolsero il mondo*. Ma è un peccato che l'ottimo film di Warren Beatty abbia tralasciato l'esperienza che forse più d'ogni altra segnò le scelte politiche ed esistenziali di Jack, magistralmente narrata nel libro *Insurgent Mexico*.

Nato a Portland, nell'Oregon, il 22 ottobre 1887, venne mandato a studiare a Harvard, e proprio nell'università considerata il bastione del conservatorismo statunitense, il giovane Jack ebbe la sfrontatezza di fondare il suo primo circolo socialista. Tra infuocate discussioni e proteste pubbliche, iniziò a scrivere articoli decidendo fin da allora quale sarebbe stata la passione della sua vita: il giornalismo militante, inteso non solo come presenza attiva nei luoghi, ma soprattutto come partecipazione senza risparmio agli eventi che vi accadevano. Nel 1910 intraprese un lungo viaggio in Europa, attraversando Spagna, Francia e Inghilterra a bordo di treni di terza classe, condividendo cioè l'esistenza quotidiana delle persone più umili. Collaboratore delle riviste "Lampoon" e "Monthly", passò poi a dirigere "The Masses", pubblicazione apertamente schierata a sinistra, mentre "Metropolitan", che gli permetteva di guadagnare il minimo indispensabile a pagarsi l'appartamento nel Village a New York e gli spostamenti, avrebbe in seguito censurato e poi rifiutato in blocco i suoi articoli "sovversivi e disfattisti". Ma Jack era un giornalista purosangue, e nonostante gli ostracismi politici, il suo stile diretto, pur con frequenti sfumature poetiche, comunque coinvolgente, veniva talmente apprezzato dai lettori che altri importanti organi di informazione acquistavano i suoi pezzi, da "American Magazine" al "Saturday Evening Post". Amico di Emma Goldman, figura eminente nella storia dell'anarchismo, e di un altro attivista anarchico, Alexander Berkman, Jack si gettò a testa bassa negli ambienti degli operai in lotta per i loro diritti. Durante gli scioperi di Paterson, in New Jersey, finì in carcere dove conobbe un altro sindacalista anarchico, l'italiano Carlo Tresca. Era il 1913, e dall'altra sponda del Río Bravo giungevano richiami irresistibili per quelli come John Reed. I messicani non godevano dei favori dell'opinione pubblica statunitense: l'informazione ufficiale era ancora intenta a giustificare l'annessione di metà del territorio messicano continuando a dipingerne i legittimi abitanti come corrotti, violenti e incapaci a governarsi, mentre la rivoluzione in atto veniva descritta come il prodotto di un'accozzaglia di banditi e ubriaconi. Ma nei circoli radicali del Nord si stava diffondendo un'altra visione degli avvenimenti in corso. Il giornalista socialista John Kenneth Turner aveva pubblicato un libro sull'intollerabile dittatura di Porfirio Díaz (fino a quel momento sostenuto dagli Stati Uniti), denunciandone le ingiustizie e l'estrema povertà in cui era costretta a vivere la maggior parte dei messicani. Nella prefazione scritta per una nuova edizione, Turner affermava: "L'obiettivo di questo libro è anche quello di prepararvi a contrastare un intervento statunitense contro una rivoluzione giusta e indiscutibile". Jack London pubblicava intanto una dichiarazione di totale appoggio con il titolo *Ca-*

rissimi e coraggiosi compagni della Rivoluzione messicana, in cui si leggeva tra l'altro: "Noi, socialisti, anarchici, vagabondi, ladri di galline, proscritti e cittadini indesiderabili degli Stati Uniti, siamo tutti con voi". Un altro giornalista allora celebre, Ambrose Bierce, andò in Messico e rimase coinvolto a tal punto nelle vicende delle genti che conobbe, da unirsi alle truppe di Villa e combattere al loro fianco, fino a morire in un luogo rimasto sconosciuto.

John Reed, "Jack il Rosso", *doveva* essere lì. Non poteva restarne lontano. Per mettere insieme il denaro necessario, convinse il direttore di "Metropolitan" a comprargli alcuni articoli dal fronte di battaglia, riuscendo contemporaneamente a ottenere una corrispondenza per il "New York World". Varcata la frontiera, Jack non perse neppure un giorno, gettandosi subito nella mischia. Pancho Villa aveva già conquistato Chihuahua e Ciudad Juárez, al confine con gli Stati Uniti. Ma la Revolución non era una guerra di posizioni, in ogni momento il fronte poteva capovolgersi, le armate a cavallo attaccavano e si ritiravano fulmineamente, una nube di polvere all'orizzonte poteva significare l'arrivo della salvezza o della morte. Jack, comunque, aveva scelto da che parte stare, e le truppe federali non lo avrebbero certo risparmiato in caso di cattura. Ben presto il gringo Jack divenne una presenza abituale, tra i cenciosi, sudati e irruenti combattenti della Revolución. Tutti presero a chiamarlo affettuosamente "Míster", condividevano con lui il poco che c'era, le notti nel deserto, le fughe precipitose e gli assalti feroci. Jack, El Míster, li seguiva a cavallo o a piedi, a seconda delle disponibilità, e più d'una volta sarebbe sfuggito per un soffio al grandinare delle pallottole. "Temevo la morte, la mutilazione, temevo quella terra straniera dove non conoscevo la lingua della gente e il loro modo di pensare... Ma sentivo che era necessario esserci, che avevo bisogno di scoprire come mi sarei comportato sotto il fuoco incrociato..." avrebbe scritto di quei primi giorni. Poi conobbe finalmente Pancho Villa, il Centauro del Nord, già allora una leggenda vivente. Con Villa si lanciò in accanite discussioni su una miriade di questioni non solo politiche, come sulla partecipazione attiva delle donne: Villa conveniva che dovevano votare come gli uomini, ma sembrava perplesso sul lasciarle emanare leggi e governare. "Credo che le donne debbano essere protette, amate.

Sono compassionevoli e sensibili, non ce le vedo a prendere decisioni drastiche... Per esempio, una donna non darebbe mai l'ordine di giustiziare un traditore," sosteneva Pancho Villa. E Jack ribatté che molte donne si sarebbero rivelate più dure e risolute degli uomini, se la situazione lo avesse reso necessario. Così Villa decise di fare immediatamente una prova e chiese alla moglie (quella con cui viveva all'epoca): "Stanotte ho sorpreso tre traditori che stavano attraversando il fiume per andare a sabotare la ferrovia. Che devo farne?". La donna rifletté, si informò su quali conseguenze avrebbe avuto il sabotaggio, e alla fine sentenziò: "Fucilali". Il Centauro del Nord scambiò uno sguardo perplesso con Jack, dopodiché si mise a consultare tutte quelle che trovava, dalle cuoche della truppa fino all'ultima *soldadera*, su chi ritenessero migliore come futuro presidente del Messico...

Nel descrivere Pancho Villa, Reed mise in risalto genuinità e purezza d'animo, ma anche l'immenso carisma che esercitava su tutti, dagli ufficiali veterani fino ai bambini, e in particolare l'indiscutibile moralità, l'incrollabile onestà di fronte al potere e ai privilegi. Ma non usava nei suoi confronti parole di aperta ammirazione, né lo incensava in alcun modo: il suo linguaggio era quello di un rivoluzionario che provava rispetto per un uomo straordinario senza per questo idolatrarlo. "Il grande pregio di Villa è di saper spiegare le cose alla gente comune, che lo capisce immediatamente..." Quanto Jack fosse partecipe degli avvenimenti, lo si deduce da alcuni passi dei suoi articoli e di *Insurgent Mexico*; per esempio, parlando del famigerato "El Niño", il cannone montato su un treno dei villisti, scriveva: "Si udì un grido di gioia nel campo di battaglia. El Niño era finalmente giunto sulla linea del fuoco. Era un pezzo da tre pollici, il più grande che avevamo". Sono le parole di un combattente che esulta per l'arrivo della propria artiglieria, non quelle di un distaccato corrispondente che finge obiettività. Sarebbe stato sempre così, per Jack. Prima c'era la vita vissuta, la militanza estrema, poi la scrittura. Perché la scrittura, per Jack, era solo un mezzo in più nella lotta contro l'ingiustizia, non il fine.

Tornato negli Stati Uniti, non gli fu possibile intraprendere una carriera, che pure si prospettava piena di onori e agiatezze. Il Messico lo aveva cambiato profondamente:

esperienze forti, viscerali, persone capaci di generosità senza limiti, uomini e donne lontani anni luce dai salotti di Portland o dalle redazioni di New York. "In Messico ho trovato me stesso," diceva. Tentò di tornarci, voleva conoscere Emiliano Zapata e il suo Ejército Libertador composto di contadini e indios. In una lettera inviata a un direttore per convincerlo a fornirgli l'appoggio necessario al nuovo viaggio, scriveva: "Zapata è il grande uomo di questa rivoluzione, dotato di coerenza e logica, lui è l'uomo su cui contare per il futuro del Messico". Ma non ottenne nulla, e riprese a lottare su altri fronti, per gli stessi ideali... Senza però dimenticare mai la Revolución: quando London, incostante e volubile, prese ad appoggiare l'occupazione statunitense di Veracruz, seguito poi anche da Turner, Jack si sforzò di contrastarli spiegando agli amici e ai lettori quanto fosse ingiusto l'intervento dei marines, difendendo il diritto dei messicani all'autodeterminazione.

Il resto ce lo racconta magistralmente il film *Reds*: l'opposizione contro la Prima guerra mondiale considerata da Jack un massacro perpetrato dalla finanza internazionale per consolidare sfere di influenza, le corrispondenze dal fronte, la partecipazione alla Rivoluzione d'ottobre, le persecuzioni dell'Fbi, il carcere in Finlandia, l'amore contrastato ma imprescindibile con Louise Bryant e il travagliato viaggio di lei per ritrovarlo, fino all'epilogo in un ospedale russo, dove l'unico rene rimastogli lo tradì quando aveva soltanto trentatré anni. Nonostante Louise cercasse di convincerlo in tutti i modi, Jack non avrebbe scritto altri libri dopo *I dieci giorni che sconvolsero il mondo*: era troppo impegnato a vivere la storia per trovare il tempo di raccontarla. Negli ultimi mesi, tutte le sue energie erano volte a contrastare, da pari a pari, la crescente invadenza dei burocrati all'interno del Comintern, la progressiva perdita di potere dei soviet – i "consigli" assembleari – di fronte al centralismo sempre più opprimente e sempre meno rivoluzionario. Morì tanto giovane da risparmiarsi la trasformazione del grande ideale nell'incubo staliniano.

Se fosse rinato, oggi Jack, senza dubbio, vagabonderebbe tra Los Altos del Chiapas e la Selva Lacandona, per scrivere un secondo *Insurgent Mexico* dedicato al paese che ha aperto e chiuso il ventesimo secolo con il tentativo di realizzare i suoi sogni di giustizia sociale.

***

Il figlio del padrone è un bel ragazzo dai vestiti eleganti e gli stivali lucenti. È tornato dalla città per cominciare a prendere possesso della sua proprietà, l'immensa tenuta di Gorgojito, nel municipio di Canatlán, Durango. Si chiama Agustín López Negrete, per i peones don Agustín. Monta i migliori cavalli dell'*hacienda*, e il frustino che tiene sempre appeso al polso non lo usa mai sul suo sauro preferito, ma sulle schiene dei braccianti. Don Agustín ha notato, fin dal giorno del suo arrivo, una ragazzina di tredici anni, Martina Arango, molto sviluppata per la sua età e piuttosto ardita: anziché abbassare lo sguardo e sgattaiolare via, davanti a lui tiene la testa alta e accenna un sorriso malizioso. O almeno così gli è parso. Don Agustín è il figlio del padrone, e tutto ciò che nasce, cresce, si muove o si ferma sui suoi sterminati possedimenti, gli appartiene. Martina è orfana del padre, ha vari fratelli tra i quali Doroteo, un giovanotto scapestrato, impulsivo, che qualche tempo prima aveva ridotto male un tizio in una rissa finendo anche in carcere per qualche settimana. Doroteo ha un fiuto animale per certe cose: ha colto gli sguardi di don Agustín, e sta all'erta. Ma un giorno che Doroteo è impegnato nelle stalle, don Agustín sorprende Martina in un campo di mais. La ragazzina si divincola, strilla, lo graffia. Meglio. Il figlio del padrone ama le gatte infuriate. Possederla è un'impresa impegnativa quanto appagante. Dopo, don Agustín rimonta a cavallo, rivolge a Martina una risata le dice: "Mi è piaciuto, lo rifaremo presto", e parte al galoppo, deciso a festeggiare la conquista con una bella bevuta.

Martina singhiozza, dice poche parole confuse, la madre la stringe al petto, si morde le mani. Doroteo le guarda e non apre bocca. Un lungo sospiro, e va ad aprire il cassetto della madia. Sua madre vorrebbe fermarlo, ma non fa in tempo, e neppure ne avrebbe la forza: Doroteo, infilata la pistola nella cintura, è un fascio di nervi e muscoli tesi, una belva accecata dal sangue che gli pulsa violento nelle tempie.

Quando se lo trova di fronte, don Agustín comincia a tremare. Ha visto il calcio della 45 che spunta dai pantaloni laceri del giovane mandriano. Tenta di spiegarsi, lo implora, piange, urla, e intanto indietreggia, sperando di guadagnare la porta di casa.

"Non darmi le spalle, codardo, non darmi le spalle," mormora tra i denti Doroteo.

Spara cinque colpi. Tre vanno a segno. Don Agustín López Negrete cade in una pozza di sangue. Per Doroteo Arango non resta che la via delle montagne, laggiù, sulla linea dell'orizzonte, l'eterna Sierra Madre che offre riparo a puma, aquile, crotali e banditi.

Tutto questo accade nel 1895. Negli anni che seguono, Doroteo impara a sopravvivere nelle durissime condizioni imposte dalla Sierra, affinando i sensi e l'istinto; diviene parte di quella natura selvaggia e splendida, tanto che un giorno scriverà: "Imparai presto a distinguere i segni lasciati dalle cose... Osservavo il cielo e riconoscevo il rumore dei venti, le nuvole che portano l'acqua, ero in grado di stabilire l'ora in base alla posizione del sole...".

Si unisce a una banda che compie razzie nelle *haciendas*, la comanda un certo Francisco Villa, detto Pancho. Quando il capo resta ucciso in uno scontro con i Rurales dei latifondisti, i contadini lo piangono come un difensore degli oppressi. Doroteo Arango ne prende il posto, lui è il più audace e abile negli attacchi e nelle fughe. Riunisce gli uomini e dice loro:

"Fratelli: Villa non è morto. Non può morire. I poveri avevano cominciato a credere in lui. Qui abbiamo sepolto il corpo, ma il suo spirito e il suo esempio vivono. Da oggi, io sono Francisco Villa!".

E tutti gridano all'unisono: "Viva Pancho Villa!". La leggenda nasce quel giorno, e negli anni seguenti i latifondisti pronunceranno questo nome con timore e rabbia. Molti preferiranno evitare punizioni e soprusi ai contadini per non incorrere nella sua vendetta.

Nel 1910 Pancho Villa entra in contatto con Francisco Madero, che ha voluto incontrarlo per convincerlo a unirsi alla sua rivoluzione: la dittatura di Porfirio Díaz dura da trentasei anni, e i tempi sembrano maturi per rovesciare il tiranno. I contadini hanno diritto alla terra su cui versano sudore e sangue, e lui, Pancho, sta già combattendo per loro. Da bandito braccato può diventare il generale di un esercito rivoluzionario. Nello stato del Chihuahua c'è

Abraham González che recluta uomini per Madero. Villa può contare su una banda ormai numerosa, e centinaia di oppressi desiderosi di ribellarsi accorrono nelle sue file. Prima di ingaggiare battaglia in nome della Revolución, Pancho compie un ultimo gesto eclatante da bandito beffardo e inafferrabile: entra da solo nella presidiata capitale Chihuahua e affronta in pieno giorno Claro Reza, agente della polizia segreta porfirista che ha denunciato e mandato a morte numerosi maderisti. In mezzo alla strada affollata, davanti a una *cantina*, Pancho lo tira giù dal cavallo, urla: "Traditore vigliacco!" e gli scarica la Colt 45 nel petto. Conosceva bene Claro Reza, per qualche tempo lo aveva anche creduto suo amico, e spettava a lui giustiziarlo.

La prima vittoria di Pancho Villa è ai danni di un treno blindato: riesce a bloccarlo nel villaggio di San Andrés, attacca il vagone degli ufficiali e uccide il generale al comando. Gli altri si arrendono subito. Poi occupa Santa Isabel, e quando l'esercito federale accorre in forze, mette in atto uno degli stratagemmi per cui rimarrà famoso: fa lasciare i sombreri dei suoi uomini su mucchi di pietre lungo la cresta della montagna, in modo che i soldati perdano tempo per organizzare l'attacco in condizioni sfavorevoli, mentre i rivoluzionari si dileguano sul versante opposto. Nel giro di pochi mesi, le genti dello stato del Chihuahua esaltano le gesta del Centauro del Nord, la sua fama si diffonde nel resto della sterminata confederazione, si cantano *corridos* che lo dipingono come un eroe indomito e invincibile, spietato con i nemici e generoso con gli umili, amatissimo dai suoi compagni. Entra nella leggenda anche la sua cavalla nera, Siete Leguas, veloce come il vento e focosa come il sole del deserto. Villa è ormai un General, l'esercito che comanda – cinquantamila effettivi – prende il nome di División del Norte, quelli che fanno parte della sua scorta – in pratica un "reggimento della guardia" – sono soprannominati Dorados, perché hanno ottime armi e divise su misura, cavalli dei migliori e coraggio da vendere.

Nella División ci sono molte donne, le *soldaderas*, e Villa è noto per l'intransigenza verso gli abusi sessuali: se un *revolucionario* vuole avere un rapporto con una donna, prima deve sposarsela, altrimenti... rischia il *paredón*, il muro davanti al plotone. Lui stesso dà l'esempio: la leggenda gli attribuisce almeno cinquanta matrimoni, ma sono in realtà due le mogli che la storia ricorderà: Luz Corral, compagna negli anni delle battaglie vittoriose, e Austreberta Rentería, al suo fianco quando i fuochi saranno ormai spenti, fino all'ultimo giorno. Molti i figli, e innumerevoli gli odierni nipoti.

Dal Morelos Emiliano Zapata avanza con l'Ejercito del Sur, i due condottieri rivoluzionari si incontreranno a Città del Messico nel novembre del 1914. Villa è irruente, risata pronta, allegria contagiosa. Zapata ha lo sguardo febbrile e malinconico, diffida dei potenti qualunque cosa dicano o promettano, parla poco e ascolta molto. La foto li ritrae così, Villa sorridente sulla sedia presidenziale occupata per scherzo, Zapata serio e cupo.

La Revolución è una creatura fragile. Madero è stato assassinato da Victoriano Huerta, generale golpista, che successivamente, in un anno e mezzo di guerra senza quartiere, sarebbe stato stritolato dalla formidabile tenaglia di zapatisti e villisti, ma il potere è ora nelle mani di Venustiano Carranza. Villa e Zapata combattono per lui, ma non lo stimano. Pancho dice: "Carranza è abituato alla vita comoda, che può saperne lui di quanto soffrono i poveri...". Ben presto Carranza, politico di professione, già senatore e quindi governatore del Coahuila, tenta di sbarazzarsi dei due combattenti che gli hanno permesso di consolidare il potere, divenuti ormai così leggendari da costituire un pericolo. Contro l'esercito regolare carranzista, i Dorados affronteranno per la prima volta la sconfitta. A Celaya, nell'aprile del 1915, il generale Alvaro Obregón schiera numerose truppe e una poderosa artiglieria, che frantuma le cariche di cavalleria aprendo varchi spaventosi: cadono quattromila villisti, cinquemila rimangono feriti e seimila vengono catturati. Obregón infine vince la battaglia ma perde un braccio, strappatogli da una cannonata della División del Norte.

Pancho si ritira sulle sue montagne, di cui conosce ogni passo e caverna. Torna a essere un braccato, un *bandido*. Ma sono ancora in molti a seguirlo, e i contadini del Chihuahua gli offrono protezione assoluta. Washington lo ha scaricato, sceglie Carranza come uomo forte in grado di garantire i suoi interessi. E boicotta Villa vendendogli munizioni difettose. La vendetta non tarderà. Pancho mette a ferro e fuoco la città di Columbus, in Texas, travolgendo la guarnigione che la difende. Gli Stati Uniti mandano una spedizione al comando del generale Pershing, che finirà per scontrarsi anche con l'esercito regolare carranzista, dove, malgrado tutto, c'è chi considera Villa il difensore della dignità nazionale. La leggenda vuole che Villa e i suoi si fossero ritirati dal Texas mettendo per qualche miglio i ferri alla rovescia sugli zoccoli dei cavalli, in modo da invertire la direzione delle tracce. La storia messicana ricorda che Pancho Villa è l'unico al mondo ad aver invaso gli Stati Uniti d'America battendone l'esercito sul loro territorio.

L'ultima impresa clamorosa Villa la mette a segno a Chihuahua il 15 settembre 1916, quando assalta la fortezza al centro della città e libera i suoi uomini prigionieri, in attesa della fucilazione. Poi continua la guerriglia con sorti alterne, fino al luglio del 1920, anno in cui accetta di firmare un armistizio e deporre le armi. Ritiratosi in una fattoria, che diventa un esempio per le *haciendas* della zona e un piccolo paradiso di giustizia per i contadini che vi lavorano, Pancho finge con se stesso di accettare quella nuova vita, ma intanto morde il freno, e rimpiange la Rivoluzione tradita. Nell'*hacienda* di Canutillo ci sono la scuola, la tipografia, l'ambulatorio medico, il telegrafo. Ma per tutti gli altri contadini del Messico, Canutillo è un sogno irraggiungibile. E Pancho non si rassegna. Dicono che mediti di rimontare in sella. Qualcuno decide di fermarlo. E da Washington si fanno pressioni per ottenere vendetta ed eliminare l'imprevedibile Centauro del Nord prima che provochi altri terremoti.

Il 20 luglio 1923 Pancho Villa rientra a Parral a bordo della sua Dodge Brothers. Siete Leguas è morta da tempo, forse lei avrebbe fiutato l'aria e avvertito il pericolo, chissà... L'istinto del combattente sembra essersi spento all'interno della diavoleria meccanica con cui si sposta da un *rancho* all'altro. La sua scorta è ridotta a pochi uomini. I Dorados non esistono più: dispersi, morti in battaglia, fucilati come il suo ultimo generale irriducibile, Felipe Angeles. Sedici fucili sparano sulla Dodge, crivellandola di colpi. Dopo una vita trascorsa a cavallo, è una beffa morire così.

144

L'amico Ramón Puente, medico e giornalista, nel 1934 ha scritto: "Villa fu un rivoluzionario senza frontiere, per la sua grande umanità e la figura leggendaria. I più restii a riconoscerlo sono stati molti intellettuali messicani, perché l'intellettualità dogmatica è l'ultima a capire l'istinto. Ufficialmente rimane un proscritto cui non spettano onori e gratitudine. Ma nel sentimento popolare non è mai stato condannato, e questo è il suo monumento".

12.

Tupac Amaru

L'uomo a cavallo che percorre le strade di Tinta suscita la curiosità dei notabili spagnoli, qualcuno lo osserva con evidente disprezzo, altri lo indicano con un cenno del capo e mormorano parole risentite: un indio così ben vestito, su quel destriero di razza, è un affronto al loro lignaggio. L'uomo ha lunghi capelli corvini che gli ricadono sulla schiena, indossa una giubba di cuoio nero e stivali da monta, sul capo porta un cappello di feltro a tese larghe e sul petto ostenta un medaglione dorato con l'effigie del dio Sole. I tratti del volto e la carnagione scura sono indubbiamente quelli di un *quechua*, ma il portamento è austero, l'espressione e lo sguardo denotano una fierezza indomita che, in quest'epoca, è cosa rara in uno della sua specie. Rara, e soprattutto pericolosa. E non sfugge loro il particolare più importante: la sciabola che pende dal fianco sinistro. Sarà sicuramente un cacicco, pensano gli annoiati *peninsulares*, ma questo non giustifica un simile atteggiamento: cacicco o no, un *quechua* deve tenere lo sguardo basso e mostrare rispetto verso chi appartiene alla razza superiore.

È il 4 novembre 1780, e l'uomo a cavallo si chiama José Gabriel Condorcanqui Tupac Amaru, figlio del cacicco *quechua* di Surimana, Tangasuca e Pampamarca, e della meticcia Rosa Noguera Valenzuela, morta quando lui aveva solo tre anni. È diretto discendente dell'ultimo inca, Tupac Amaru I sovrano del Perú, che guidò l'estrema resistenza contro gli invasori, e ha mantenuto viva la memoria degli avi studiandone fin da ragazzo le gesta, le tradizioni e gli usi; al punto che, quando a vent'anni ha sposato l'allora quindicenne Micaela Bastidas, nelle cui vene scorre sangue indio e mulatto, ha preteso di venire inscritto nel registro dei matrimoni con il nome incaico. Tupac Amaru si sta recando a casa del curato di Tinta, Carlos Rodríguez Yanaoca, dove lo ha convocato il *corregidor* Antonio Arriaga. I *corregidores* sono giudici e mercanti al tempo stesso, funzionari nominati dalla corona di Spagna per raccogliere i tributi, comandare gli eserciti provinciali ed esercitare la giustizia in qualità di magistrati. Il loro potere è assoluto. E lo usano per arricchirsi a dismisura, elevando la corruzione a sistema di governo. I *corregidores* impongono a indios e neri il lavoro coatto nelle miniere e nelle manifatture, dove vengono trattati come schiavi, perché tra gli spagnoli è radicata la convinzione che gli indigeni siano troppo indolenti e se non venissero costretti a suon di frustate, non produrrebbero neppure il necessario a pagare i tributi. Ma la principale fonte di guadagni, per i *corregidores*, è il *repartimiento*, cioè la distribuzione forzata di merci e attrezzature agli indigeni, che così contraggono debiti e lavorano fino allo sfinimento per saldarli. Il *corregidor*, naturalmente, ottiene una sostanziosa percentuale sugli introiti da parte di latifondisti e proprietari di manifatture o miniere, e più merci assegnano, più incassano. Da tempo Tupac Amaru è entrato in aperto contrasto con i *corregidores*, ritenendo intollerabile lo sfruttamento selvaggio delle sue genti, e ha tentato con ogni mezzo di convincerli a mitigare il peso dei tributi e del lavoro coatto. Ma l'avidità degli spagnoli sembra senza limiti. Tupac Amaru è benestante, possiede un centinaio tra muli e lama con cui gestisce un fiorente trasporto di merci per conto dei commercianti. Potrebbe godersi gli agi di una condizione ereditata dal padre, sicuramente rara per un *quechua*. Nonostante ciò, i soprusi e la miseria che i suoi simili devono patire alimentano in lui il bisogno di riscatto, l'esigenza di ottenere giustizia qualunque sia il prezzo da pagare. Sono tempi di ribellioni continue, ma le genti del Perú restano divise, il razzismo è addirittura codificato da una tabella in cui al vertice troviamo i *peninsulares*, gli spagnoli di sangue puro nati oltreoceano, e giù, scendendo nella scala delle razze mescolate, fino a contemplare i vari incroci tra indios e neri di origine africana, arrivando a classificare i "sanguemisto" con termini quali *coyote, lobo, barcino, albarazado, chamiso, zambo*... Neppure con le bestie da soma si erano mai presi la briga di stilare un simile elenco, a emblema della discriminazione legalizzata. Eppure, da quell'Europa che ha portato nel continente americano tante sventure, spira un vento di nuovi ideali improntati all'uguaglianza e al rispetto per le diversità; l'Illuminismo sta diffondendo i suoi princìpi anche nel lontano vicereame peruviano, facendo apparire il corrotto sistema coloniale come una struttura fatiscente e ormai sorpassata. Ma i *corregidores* restano sordi alle istanze di libertà e giustizia che accendono ovunque focolai di rivolta, preferiscono rafforzare gli eserciti dotandoli di potenti artiglierie anziché spendere le loro immense risorse per alleviare le sofferenze della popolazione povera.

Tupac Amaru raggiunge la casa del curato, in una zona della cittadina poco frequentata. Smonta, lega le redini all'anello sul muro, e aspetta. Pochi minuti dopo, cominciano ad arrivare alcuni indios sui muli, che lo hanno seguito a gruppi di due o tre per non attirare l'attenzione. Sono amici fidati, una scorta invisibile agli occhi degli spagnoli, date le apparenze di miseri trasportatori di merci altrui. Tupac Amaru bussa al portone, e quando gli viene aperto entra da solo.

Il *corregidor* Antonio Arriaga lo affronta con l'arroganza usuale. Gli intima di pagare i debiti per le merci che avrebbe dovuto assegnare ai "suoi" indios, quelli che lavorano nelle terre da lui controllate in qualità di cacicco.

"I debiti di cui parlate non li ho mai contratti," risponde con voce pacata ma ferma Tupac Amaru. "La ripartizione delle merci da voi imposta è iniqua, se l'avessi effettuata quelle genti ora sarebbero alla rovina. E io non ho alcuna intenzione di diventare lo strumento della vostra intollerabile corruzione."

Il *corregidor* avvampa d'ira, alza il frustino e fa il gesto di colpirlo. Tupac Amaru resta impassibile. Il curato tenta di mettere pace tra i due, ma Antonio Arriaga lo spinge da parte senza troppi riguardi, e urla: "Ascoltatemi bene, José Gabriel Condorcanqui, abbiamo avuto troppa pazienza con voi, ma la misura è colma! Revoco qualsiasi potere abbiate ereditato da vostro padre, non siete più cacicco e pertanto consegnatemi la spada e quel ridicolo medaglione. Vi concedo ventiquattr'ore per pagare i tributi e regolare ogni altra pendenza, in caso contrario sarete impiccato, e stessa sorte spetterà a vostra moglie e alla stirpe con lei procreata".

Il *corregidor* tende la mano, in attesa che gli venga consegnata la sciabola. Tupac Amaru la sguaina lentamente, ma quando la lama è libera dal fodero, con uno scatto la punta alla gola di Antonio Arriaga e dice, senza alzare la voce: "Ero venuto con le migliori intenzioni, speravo di trovare una soluzione, ma conoscendovi ho preso le mie precauzioni. Adesso seguitemi senza azzardarvi a fiatare, o vi stacco la testa dal collo".

Inizia con questo episodio la più cruenta guerra contro il colonialismo di quell'epoca, anticipatrice delle insurrezioni che solo nel secolo successivo porteranno alla liberazione dal giogo spagnolo.

Tupac Amaru conduce il *corregidor* a Tungasuca, la sua roccaforte, prendendo in ostaggio il curato per impedirgli di dare l'allarme. Da lì, costringe Arriaga a chiedere ai suoi attendenti l'invio di armi e vettovaglie con la scusa di un'inesistente minaccia di invasione dalla costa. Dopodiché, si affida alla decisione del villaggio per la sorte da riservare al *corregidor*: tanto è l'odio verso quelli come lui, che tutti pretendono l'immediata impiccagione. Tupac Amaru stesso si incarica di giustiziarlo, suscitando l'entusiasmo delle popolazioni limitrofe che vedono in lui il condottiero capace di guidarli contro gli oppressori. Ben presto può contare su almeno seimila uomini, un piccolo esercito malamente armato e privo di addestramento. Ma sono sufficienti per marciare attraverso la valle di Vilcamayo ed espugnare Quiquijana il 12 novembre, e quindi Pomacanchi e Parapuquio. Emettendo proclami e bandi che vengono diffusi rapidamente nelle province vicine, Tupac Amaru innesca una serie di insurrezioni a catena, e ben presto Tinta, Calca, Quispicanchi, Cotabambas e Chumbivilcas si schierano con lui.

L'aristocrazia di Cuzco è in preda al panico. Viene istituita una giunta di guerra, si radunano le truppe, ogni accesso alla città è sbarrato, e si chiede al viceré l'urgente invio di rinforzi da Lima. Il *corregidor* Fernando Cabrera è convinto che non si debba temporeggiare, i ribelli vanno attaccati prima che si organizzino e diventino troppo numerosi. Sottovalutando le forze avversarie, la giunta gli concede di marciare alla testa di mille soldati, con i quali il 17 novembre raggiunge Sangarará, presso Tinta, senza incontrare resistenza. Decide di accamparsi per sferrare l'attacco a Tinta l'indomani, ma durante la notte gli insorti circondano il villaggio e sorprendono la maggior parte dei militari nel sonno. Lo scontro si conclude con almeno cinquecento morti, e la completa disfatta delle truppe realiste. I prigionieri feriti, dopo essere stati curati, vengono lasciati liberi di rientrare a Cuzco, a riprova che la rivolta di Tupac Amaru è improntata al rispetto dei diritti umani, e le sue genti si comportano in maniera diametralmente opposta alla ferocia dei colonialisti. Ma questo non è sufficiente a evitare che molti insorti si accaniscano con chiunque sia spagnolo, uccidendolo sul posto e bruciando ogni suo avere. Tupac Amaru si prodiga a emanare editti contro la violenza indiscriminata, esortando a non cedere all'odio razziale: occorre distinguere tra i nemici che si sono macchiati di crimini e i semplici coloni. Tentare di unire le variegate genti peruviane superando le divisioni di sangue sarà il suo sforzo maggiore. Intanto, le avanguardie ribelli sono giunte a poche leghe da Cuzco. La città è ormai assediata. Ma Tupac Amaru non si decide a dare l'ordine di attacco. Sua moglie Micaela lo esorta a non tentennare: se non approfitta del vantaggio acquisito, dopo sarà troppo tardi, arriveranno rinforzi e truppe ben armate e disciplinate. Tupac Amaru sa che espugnare Cuzco significa distruggerla. Non è possibile entrarvi senza metterla a ferro e fuoco, cinta di mura com'è. E lui ama quella splendida città, vorrebbe diventasse un giorno la capitale della sua nazione libera, riportandola ai fasti del periodo incaico. Oltre a ciò, spera in una sollevazione interna degli abitanti indigeni e creoli, che spalanchino le porte permettendogli di entrarvi senza incendiarla. Intanto, per ingrossare il suo esercito ribelle, punta verso il Titicaca, dove viene acclamato come un liberatore.

Gli ideali di Tupac Amaru si diffondono sempre più verso sud, scatenando insurrezioni indigene in regioni degli attuali Cile, Bolivia e Argentina, mentre lui guida le schiere di cenciosi e scarsamente armati combattenti oltre la Cordigliera andina, fino a Lampa e Azángaro, e quindi, a metà dicembre, si attesta sotto le alture del Machu Picchu.

Ma da Cuzco non giunge alcuna notizia di sollevazioni interne. E l'esercito realista si è messo in marcia. Uno dei luogotenenti di Tupac Amaru, Antonio Castelo, viene sconfitto in battaglia mentre tenta di ricongiungersi al grosso degli insorti. Tupac Amaru invia a Cuzco un altro ultimatum, ma i difensori della città hanno ormai superato la paura: ben tre contingenti sono arrivati da Lima, truppe fresche dotate di poderose artiglierie che smaniano di entrare in combattimento.

L'8 gennaio si scatena la battaglia decisiva, nei pressi di Cuzco: due giorni di incessanti attacchi e contrattacchi, durante i quali sono i cannoni a decidere le sorti dello scontro. Le scariche a mitraglia aprono varchi spaventosi nelle file dei ribelli, che all'alba del terzo giorno devono ritirarsi dopo aver subìto immani perdite. Nelle settimane seguenti vengono ingaggiate altre battaglie in diverse località, in alcuni casi le truppe realiste subiscono parziali rovesci, ma tutto è ormai perduto. Il 22 marzo 1781 un contingente di ventimila uomini sbaraglia l'avanguardia di Tupac Amaru a Cotabamba, dove cadono due dei suoi migliori comandanti, Parvina e Bermúdez.

Il condottiero che ha anticipato il sogno di Bolívar sente avvicinarsi la fine, ma non si arrende. Tenta una sortita a Chocacupe: altra sconfitta per il tradimento di un cacicco che diserta e rivela i piani ai realisti; e poi a Langui, dove Tupac Amaru rimane solo con moglie e figli, tutti i suoi seguaci uccisi o dispersi tranne un manipolo di fedelissimi. Un secondo traditore, istigato dal parroco locale, rivela ai soldati il luogo in cui si trovano. Il 6 aprile 1781 è il giorno che segna l'inizio di un'infamia incancellabile, una delle pagine di efferata crudeltà che gravano sulla storia del colonialismo nelle Americhe. Sessantasette indios catturati vengono subito impiccati e le teste mozzate e impalate lungo le strade come monito. Tupac Amaru, la moglie Micaela e tutta la famiglia, con i due figli, i cognati e i cugini, vengono portati a Cuzco, un tragitto segnato dalla flagellazione continua dei prigionieri, nudi e legati sui cavalli.

Nella camera della tortura, Tupac Amaru è appeso per i polsi, con le braccia torte dietro la schiena e cento libbre di piombo ad aumentarne il peso. Nonostante gli orribili tormenti, alla domanda su chi siano i suoi complici, risponde invariabilmente al magistrato: "Siamo noi i soli colpevoli.

Voi, per aver stremato il paese, e io, per aver voluto liberare il mio popolo da una simile tirannia".

Anche gli altri familiari subiscono i più abominevoli supplizi. Ma lasciamo la cronaca del 18 maggio 1781 a una relazione dell'epoca: "...Allo zio dell'insorto e a suo figlio venne recisa la lingua prima di gettarli per la scala del patibolo, e l'india Condemaita fu garrotata su un piccolo palco attrezzato con un tornio di ferro... L'indio e sua moglie hanno assistito con i loro occhi all'attuazione di questi supplizi fino a quello del figlio Hipólito, l'ultimo a salire sulla forca. Quindi l'india Micaela salì sul patibolo dove, in presenza del marito, le fu tagliata la lingua e venne garrotata, tra indicibili tormenti, poiché, avendo il collo molto sottile, il tornio non riusciva a strangolarla, e i carnefici han dovuto finirla mettendole delle corde al collo e tirando da tutte le parti, colpendola con calci allo stomaco e al petto. Chiuse la cerimonia il ribelle José Gabriel, tratto al centro della piazza; lì il boia gli tagliò la lingua, poi gli legarono mani e piedi con quattro funi e, dopo averle assicurate alle selle di quattro cavalli, altrettanti cavalieri presero a spronarli nelle opposte direzioni, spettacolo che non si era mai visto in questa città. Non si sa se perché i cavalli non fossero abbastanza forti o se l'indio fosse realmente di ferro, ma non ci fu modo di squartarlo, per quanto lo tirassero per lungo tempo, tenendolo sospeso in aria in posa tale che pareva una rana...".

Lo "spettacolo" finisce con l'ordine di tagliargli la testa, inviata poi a Tinta e collocata su un palo davanti alla porta principale della cittadina. Gli atti che certificavano la discendenza incaica di Tupac Amaru vengono distrutti, mentre si impone il divieto assoluto di manifestare qualsiasi segno di dolore per la sua morte e di rievocarne le gesta. Un editto che non ha raggiunto lo scopo, stando alla storia recente. Nel nome di Tupac Amaru, l'ultimo inca, oggi in Perú come ieri in Uruguay si combattono nuove tirannidi, perché dai tempi della sua rivolta le cause che la provocarono non sono ancora state rimosse: corruzione, ingiustizia, miseria, razzismo.

·

13.

Jim

Fa schifo, questa pioggia. Non riesci a vederla, non cade, non cambia niente. Eppure ti entra nelle ossa, inzuppa tutto, rende viscido di bava verdastra il sentiero di pietre, oscura i volti degli angeli di marmo, fa tenere bassa la testa ai disperati che vengono qui a ubriacarsi sulla tua tomba.

Nessuno si scambia uno sguardo, nessuno ha più niente da comunicare a nessuno. Facce di chi si trascina qui ogni giorno, facce di chi si è fatto venti ore di aereo per venirti a scrivere sul cuore *Wait for me*.

Aspettami. Ma tu non hai aspettato nessuno. Non avevi tempo. Ogni attimo, era l'ultimo.

Ti hanno fatto una tomba nuova. Su questo blocco di granito grigio è difficile scrivere. Bottiglie, cicche, fiori imputriditi da questa pioggia sporca di fumo. Un vecchio gatto che si lecca fra le zampe, senza sapere che il suo è l'unico gesto che avresti apprezzato, qui, adesso, in mezzo a questa fanghiglia di polvere bagnata.

Ti hanno messo una targa di bronzo, con una scritta in greco che potrebbe voler dire *sotto il demone di te stesso*. Quel demone che ti portavi nelle viscere e che sputavi sulla gente. Che vomitavi in un angolo dietro il palco. Che si contorceva dentro di te e ti esplodeva in gola.

C'è una coppia che se ne sta abbracciata accanto a quel poco che sarà rimasto della tua bara, stretta vicino alle tue ossa. Piangono, nascosti uno dentro l'altro, capelli sporchi giubbotti di pelle lisa stivali consumati e lacrime, impastati in un grumo di tristezza che la pioggia aiuta a sciogliere.

Non c'è un suono, non c'è una voce, i passi dell'interminabile processione che dura da tanti anni sembrano fruscii di fantasmi, il rumore più forte è lo spappolarsi di un rossetto che sulla tomba traccia un volo di parole in giapponese. Arrivano fin qui, seguendo le frecce che cominciano dalla colonna del cancello e li guidano attraverso vicoli, bidoni di immondizia, cappelle abbandonate, statue di dolore offese dai colori con cui milioni di matite hanno scritto *Jim è laggiù*, in un milione di lingue.

Prima c'era qualcosa che assomigliava alla tua testa, una misera scultura di pietra bianca mutilata da troppe mani che l'avevano sfiorata, accarezzata, colpita per la rabbia di saperti ridotto a un teschio senza voce. Adesso c'è sempre qualcuno che appoggia una tua foto strappata da un libro, una cartolina rubata fuori dal Beaubourg, un disegno a matita che la pioggia costringe a piegarsi sul fango, confuso tra i rifiuti e gli avanzi.

Dove sarà, adesso, l'anima di quell'indiano pueblo che ti era entrata in corpo...

Non te lo sei mai scordato, Jim, quel giorno che hai sempre definito il più importante della tua vita. Non avevi neppure quattro anni, te ne stavi appiccicato al finestrino, guardando l'autostrada che scorreva nel deserto immobile. E vicino ad Albuquerque, quel camion rovesciato, quel cadavere sull'asfalto, che tu fissavi piangendo. Da allora, ti sei convinto di avere dentro la sua anima, l'ultimo alito di quell'indiano che aspettava di riprendere il viaggio.

Non può essere qui attorno. Quell'indiano pueblo non può vagare in questa Parigi livida e spenta, non può essere rimasto chiuso in una metropoli di quest'Europa putrefatta. Sarà tornato laggiù, nel deserto, dove il sole asciuga anche la malinconia, in cerca di un nuovo corpo di lucertola quando sul suo Re Lucertola calò il coperchio di una bara.

Non è cambiata molto, Tijuana, da quelle notti. È passato un terzo di secolo, tutto speso ad aggiungere cemento e un mucchio di insegne nuove, ma la polvere delle strade è rimasta la stessa. Come la gente che l'attraversa, facce in cerca di futuro che vanno verso nord, facce in cerca della fine che vanno verso sud.

Tu, Jim, non cercavi niente di preciso. Giusto un posto dove sbronzarsi fino a perdere la sensibilità nelle viscere, buttandoci dentro birra e tequila da mezzo dollaro al litro, per vedere se si allentava quella maledetta morsa sotto lo stomaco, quel nodo di rabbia disperata che ti impediva anche di vomitare. Giusto un bancone a cui aggrapparsi per poter bere ancora, mescolato a gente che sembrava uguale a te, nella sua voglia di sparire ed esplodere in mille pezzi, ma che non aveva niente da spartire con quello che sentivi dentro le budella aggrovigliate.

A Tijuana c'eri arrivato con quei due tipi assurdi, piuttosto divertenti ma pur sempre inutili, buoni per tre giorni e tre notti di bevute ininterrotte. Lui, il barbuto, sembrava il prototipo dell'intellettuale newyorkese, però con l'alcol si scioglieva e diventava meno finto. La ragazza, l'irlandese, non ne aveva bisogno. Magari, da ubriaca, la vedevi più bella di quanto fosse, o semplicemente più vicina. Ma non abbastanza. Nessuno era mai *abbastanza* vicino. Neppure con l'ultimo bicchiere prima che il mondo si sfilacciasse, neppure quando vi trascinavate abbracciati per quelle strade polverose, urlando alla luna lo schifo e l'impotenza, ridendo fino a piangere dell'impossibilità di far scoppiare il pianeta in mille pezzi.

Tijuana ti capiva, sapeva proteggerti con la sua inerte indifferenza, con l'abitudine a non vedere niente guardando tutto. Ti piaceva per questo, Tijuana. Per quella sensazione di non esistere, giusto un posto dove ci si ferma in attesa di ripartire, ma dove tutti sembrano rimanere all'infinito perché ogni altra meta è già stata raggiunta da altri. Non riuscivi a credere che qualcuno potesse viverci, nel senso di abitare in una casa, di avere degli amici, addirittura una famiglia. Per te, e per chiunque, Tijuana era solo una frontiera da scavalcare. Da Los Angeles, poi, ti bastava rimediare uno straccio di macchina e scendere fino a San Diego, poche ore che potevi trasformare in secoli di attimi, o in un bagliore che dura meno di un secondo. Perché sulla spiaggia di Venice, alla cassa di quella specie di sgangherato emporio, trovavi del *white lightning* puro, economico, abbondante, che ai tuoi tempi era grosso come pastiglie di aspirina, e ne ingoiavi ogni giorno di più, per capire se poteva esserci un limite. Con l'acido era un'altra storia, ti serviva per aprire porte, per andare oltre, per sentire quello che intuivi ma non riuscivi ad afferrare. E leggevi e rileggevi *The doors of perception* di Huxley, che aveva tentato di catturare e rinchiudere nello spazio delle pagine l'immensità di quelle porte, l'insormontabile muro su cui si aprivano per rivelarne immediatamente delle altre, all'infinito. Aprirsi un varco. Superare il confine. Cavalcare il serpente. Immagini che poi avresti tradotto in parole, ma non per costringerle nel chiuso di un libro. Le avresti lanciate nell'aria, le avresti urlate prima di crollare sul pavimento, sulle assi impolverate di un palcoscenico. Sul cemento intriso di orina e vomito di una cella, in uno dei tanti commissariati dove saresti finito, il luogo che più di ogni altro rappresentava per te il lato opposto al varco di quella porta nel Muro.

I tempi di Tijuana erano quelli dell'Ucla, del corso di cinematografia. C'era un professore che avvertiva nella tua distruttività il potere di creare, perché sapeva che in un mondo dove tutto è già stato detto e fatto e visto, per creare non c'è altra maniera che distruggere. Ma era il solo. E anche lui rimase deluso dal tuo film di fine corso, che avevi girato e montato con l'unico scopo di sputare in faccia a chi l'avrebbe guardato.

Credo che ti sia dispiaciuto, perché Ed Brokaw era diverso dagli altri. Ma di mestiere faceva il professore. E almeno una porta, nel suo Muro, non poteva aprirla.

È stato così che hai piantato tutto. Ma lì avevi conosciuto Ray. E poi sarebbe arrivato John. E infine Robby.

Ray aveva delle mani che sembravano finire nel punto esatto dove inizia una tastiera, e quando ce le appoggiava sopra, le dita si fondevano e penetravano *dentro*. Ray aveva un posto a Santa Monica, dietro la stazione dei Greyhound, dove tu hai cominciato a sciogliere quel nodo che dalle viscere ti era salito in gola. Non sapevi che farne, della voce. Ma sentivi che dovevi spingerla fuori, che non potevi trattenerla ancora lì, tra il cuore e l'intestino.

A Tijuana ci sei tornato, ma solo per attraversarla e scendere fino a Ensenada, dove la strada non porta da nessuna parte e si perde nella baia, dritta dentro l'oceano.

Ensenada the dead seal, the dog crucifix, ghosts of the dead car sun. Stop the car. Rain. Night. Feel.

Il Messico, per te, era questo. Una frontiera da passare e una strada che finisce. Il deserto. Lo spazio senza limiti oltre le porte. Quello di Sonora ti sarebbe apparso più vasto del Pacifico. Il posto dove scoccare la freccia puntata contro il sole. Il peyote, la conoscenza che si perde nei millenni di mille conoscenze. L'indiano che ti portavi dentro guidò i tuoi passi sulla sabbia.

"La scuola, il sistema sociale, persino gli amici, proseguono a un certo punto l'opera dei genitori – quest'opera di snaturamento – e impariamo così a vivere la finzione. Siamo costretti a vivere come gli altri vogliono, a sentire ciò che gli altri vogliono, sopprimendo la nostra vera identità, la nostra autentica personalità. È una sottile forma di omicidio, e gli assassini – genitori, parenti, amici, e la società intera – ci ammazzano piano piano, con il sorriso sulle labbra, e noi ci danniamo alla ricerca del fantasma della nostra realtà ormai perduta..."

Davvero un gran padre, il tuo. Per comandare una portaerei con tremila uomini, bisogna ottenere il loro rispetto. E a sentire tua madre, lui il rispetto se lo guadagnava credendo nella disciplina.

Rispetto e disciplina. La cosa più sincera che sei riuscito a dirgli fu "quando mangi sembri un maiale", per poi scaraventare la forchetta sul piatto e andartene.

Era un padre di quelli che i compagni di scuola ti invidiano. Il più giovane ammiraglio della Marina degli Stati Uniti d'America. Il giorno che ti invitò a visitare la sua portaerei, prima ancora di salutarti mandò a chiamare il barbiere di bordo, che ti rasò i capelli con la macchinetta. Eppure, non lo odiavi. L'odio è un grande sentimento, si odia solo chi merita rispetto. Al massimo lo disprezzavi, ma in genere eri semplicemente indifferente al fatto che esistesse. Certo, ti faceva schifo. Come può far schifo un maiale quando si ingozza.

E la sua divisa impeccabile, quell'uniforme uguale a quella in cui tutti i falliti della vita si rinchiudono, per non dover rendere conto della propria miseria... Come tutti i militari, meno pensava e più avanzava di grado. Ma a te non fregava assolutamente nulla. Non esisteva, non lasciava traccia. E dicevi sempre, nelle interviste, che i tuoi erano morti. Quando ci fu da pubblicare quella tua biografia per lanciare un disco, hai fatto scrivere che tutta la tua famiglia era scomparsa. E non era rivolta a quei due disgraziati pusillanimi, la poesia della Fine.

Avevi già deciso che non li avresti mai più rivisti, quando *The End* fu incisa. E dal vivo, quell'ultimo grido era meno confuso che sul disco, perché lo urlavi a squarciagola, lo rovesciavi nelle orecchie come olio bollente. Tua madre non si rassegnava, così venne al concerto di Washington. E lo sentì dalla tua voce, quella voce che tuo fratello non riusciva a riconoscere alla radio. *Padre... voglio ucciderti. Madre... voglio fotterti.*

Rimase affondata nella poltrona, senza la forza di muovere neppure le palpebre per non vedere più la tua mano stretta fra le gambe. Poi tentò di avvicinarti, dopo il concerto, ma tu eri già su un aereo.

Non hai più rivisto né lei, né l'ammiraglio. Dicono che il comandante abbia ascoltato *The End* alla radio, leggendo il giornale. Grazie alla disciplina militare, non distolse neppure lo sguardo. Anche se, poi, restò qualche ora con gli occhi fissi sulla stessa pagina.

"La violenza, a parole tanto deprecata, è solamente l'effetto, la conseguenza della repressione collettiva delle coscienze. Ma è anche vero che esiste il culto della violenza. L'America è stata edificata con la violenza, e gli americani sono infatuati dalla violenza, ne sono attratti, affascinati, innamorati. È per questo che sono complici del potere oppressore e tiranno, e danno il loro più ampio consenso a leggi violente e oppressive..."

Ma non avevi bisogno di teorizzarlo, di farne proclami, di degnarlo di una sola frase in un testo delle tue canzoni: il disprezzo per i poliziotti era per te un puro istinto, e se uno non arriva a sentirlo, vuol dire che non vale neppure la pena spiegarglielo. Vedevi in qualsiasi uniforme l'emblema di tutto ciò che rende insulso il mondo. Servono a cancellare l'individuo, a farne un mattone in più per tenere in piedi il Muro. Comunque, uno sbirro non meritava il minimo spreco della tua energia. Solo che, quando te li trovavi davanti, lo schifo ti usciva dalla bocca senza che ci potessi fare niente. Come quella volta a New Haven, che un poliziotto entrò nei bagni dietro il palco, e disse a te e a quella ragazza di andarvene fuori dai piedi. Tu avresti potuto spiegare chi eri, e lui si sarebbe sentito l'imbecille che dimostrava di essere. In fondo, stava lavorando per un tuo concerto. Invece l'hai mandato al diavolo. E quando si è avvicinato gonfiandosi di autorità, ti sei messo una mano fra le gambe e gli hai riso in faccia. È finita che ti ha mezzo accecato con la bomboletta lacrimogena, e poi, quando gli hanno detto chi eri, si è scusato facendosi piccolo come un verme. Potevi chiuderla lì. Ma sul palco te li sei trovati davanti, tutti in fila con i loro berretti blu e le visiere sugli occhi bovini, e non ce l'hai fatta a stare zitto. Cinque minuti dopo, migliaia di persone ridevano della polizia di New Haven, Connecticut. A un uomo in divisa non puoi far niente di peggio che renderlo ridicolo. È il motivo principale per cui la indossa, quello di farsi prendere sul serio. Così si scomodò addirittura un tenente, per salire sul palco e dichiararti in arresto. Hai risposto semplicemente: "Va bene, porco". Sono saliti su anche gli altri, e ti hanno trascinato via. Quella sarebbe stata la prima volta che venivi fotografato di faccia e di profilo, con sotto il numero 23.750. Era il 10 dicembre 1967. Due giorni prima avevi compiuto ventiquattro anni.

A Las Vegas, un altro tipo vestito di blu ti fece un taglio in testa con una manganellata. Eri in un parcheggio, e lo avevi provocato semplicemente guardandolo come solo tu sapevi guardare un poliziotto: gli riversavi addosso tanto schifo da farlo sentire l'ultimo escremento del pianeta. E mentre il sangue ti colava sugli occhi e sgocciolava sulla camicia, gli hai detto "porco merdoso", e hai continuato a dirglielo anche quando ti ha chiuso nella macchina, e poi in cella, arrampicato in cima alla gabbia per vedere i due dietro la scrivania, hai gridato forte a Bob: "Non credi che siano i più schifosi figli di puttana che abbiamo mai visto?". E hai cominciato a ridere, in quel tuo modo strascicato, privo di allegria, un ghigno di disprezzo e un lamento prolungato. Cinque minuti prima della mezzanotte arrivarono gli amici di Bob a pagare la cauzione. A mezzanotte sarebbero smontati quelli di guardia, che avevano già promesso di massacrarti in uno sgabuzzino lontano dagli sguardi dei testimoni. Uscendo, hai riso in faccia a quello che ti fissava con gli occhi acquosi pieni di odio. Lo avrebbe sfogato su qualche disgraziato, prima o poi.

A Miami si mise male, davvero. In quella Florida che disprezzavi più di ogni altro posto al mondo ci sei arrivato con la barba lunga e il ventre dilatato da tutto quello che eri riuscito a ingurgitare durante il viaggio. La gente cominciava a stancarsi, per il ritardo. Li hai guardati da dietro le casse, e ti sei chiesto per l'ennesima volta cosa accidente si aspettassero da te. Ray fece cenno a John e a Robby di attaccare con *Break on through*.

Sfonda le barriere che ti separano dall'altra sponda. Ti sei dato da fare ogni settimana, giorno dopo giorno, ora dopo ora. Il tunnel ti risucchia nell'abisso. Spezza la barriera...

Ma dieci minuti dopo tu stavi parlando verso quel mare di teste tutte uguali, scordandoti del resto. Volevi capire perché fossero venuti lì quella notte, se poi in ogni altro minuto della loro vita non cambiava niente, non succedeva nient'altro che non fosse ascoltare qualcuno su un palco, vivendo nella mielosa prigione di una famiglia, di una scuola, aspettando una cartolina che li avrebbe mandati a crepare in un buco pieno di fango e vomito, ammazzando gente sconosciuta solo per obbedire a dei frustrati in uniforme.

"Non sto parlando di rivoluzione!" hai urlato nel microfono. Ma quelli aspettavano solo che tu cantassi. Allora Ray ha attaccato *Back door man*, e tu gli sei andato dietro. Solo per tre o quattro strofe, perché poi hai ricominciato a chiedere loro a cosa servisse ritrovarsi in così tanti, se nessuno era capace di amare nessuno.

"Lasciate sempre che vi dicano cosa fare. Lasciate che vi impongano le cose. Ma per quanto tempo ancora vi farete schiacciare? Per quanto?! Forse vi piace, allora vi piace farvi ficcare la faccia nella merda... Siete tutti un branco di schiavi!"

Non volevi provocarli. Non stavi recitando la parte della rockstar che fa scaldare il pubblico sputandogli addosso. Volevi davvero capire cosa avessero da spartire con te. Fino a che punto tu, Jim, eri soltanto il loro sfogo per continuare a ingoiare la merda quotidiana, il mezzo per stravolgersi due ore e poi tutto sarebbe continuato come prima.

E non succedeva niente.

Ti sei tolto la camicia, l'hai buttata laggiù, e quelli se la sono contesa come polli in un recinto.

Hai cominciato a slacciarti la cintura, e allora Vince ti è saltato addosso, implorandoti di non farlo. Non aveva avuto fiducia in te, non aveva capito assolutamente un cazzo. Ti credeva ubriaco perso, completamente fuori. Invece sapevi benissimo cosa stavi facendo, e più tardi glielo avresti anche spiegato, tristissimo perché lui ti aveva trattato da scoppiato. Ormai era troppo tardi, e tutti hanno pensato che Jim stava per mostrarlo sul palco. Gli altri, intanto, suonavano *Touch me* e ti incitavano a ricominciare. Ci hai provato. Ma non te ne fregava più niente.

"Io voglio il mondo. E lo voglio adesso! Ma voi volete soltanto stronzate..."

Poi hai tolto il cappello a un poliziotto e l'hai lanciato nel buio. Qualcuno si è messo a ballare. E tu gli hai detto di venirlo a fare là sopra, accanto a te. Si muovevano, finalmente. Quel magma di teste immobili si stava trasformando in una mareggiata di corpi infuriati. I ragazzi si avvicinavano, l'ondata avanzava.

Quelli dell'organizzazione hanno perso la testa. Non potevano bloccare il concerto, così hanno mandato un gorilla, che ti ha scaraventato giù. E tu ti sei rialzato, hai cominciato a correre seguito da un serpente di ragazzi febbricitanti, che ha squassato l'immensa rimessa per idrovolanti travolgendo attrezzature, scardinando il palco, strappandosi di dosso i vestiti e lanciandoli in aria.

Tu, Jim, volevi allontanarli. Volevi che le tue parole, che la tua voce non servisse a tenerli incollati ai tuoi piedi, ma li spingesse a sciamare fuori di lì, a diventare ognuno una scintilla che incendiasse la prateria.

"Quando sei in pace con l'autorità, divieni tu stesso parte dell'autorità. Fuga, disordine, rivolta, caos, e qualsiasi cosa che sembra priva di senso: è questo che voglio. È la sensazione della corda di un arco che è rimasta tesa per anni, e all'improvviso scatta..."

Ti imputarono di quattro reati, e rischiavi almeno sette anni da scontare nella più lurida prigione della Florida, quel buco fetido che chiamano Raiford. E si costituirono comitati, partirono le campagne di giornali bigotti, proclami di giocatori di football che invocavano il rispetto dei princìpi americani, comizi di membri del congresso e procuratori in attesa di prossime elezioni. Ottennero l'immediato annullamento di decine di concerti. I Doors vennero messi al bando. In trentamila parteciparono a una manifestazione contro di voi, e si creò addirittura un movimento, a cui aderì il presidente Nixon in persona. Quelli come te, Jim, rappresentavano il pericolo di non poter più trasformare i ragazzi in carne da macello, il rischio di non poterli insaccare dentro le uniformi senza che fiatassero.

Anche l'Fbi scese in campo. Da allora, non ti avrebbero più mollato. Sarebbero arrivati persino a interrogare i tuoi ex compagni di scuola. E con i mandati di cattura presero a succhiarti un fiume di dollari in cauzioni, avvocati, spese processuali...

"Comunque vada a finire, non cambieranno nulla nel mio modo di essere."

Era tutto quello che avevi da dire al riguardo. E di lì a poco ti avrebbe dichiarato in arresto persino il comandante di un aereo, per aver molestato i passeggeri durante il volo. All'atterraggio c'era uno spiegamento di forze degno di un dirottatore.

A casa di Phil avevi trovato quel libro con le fotografie sui ragni. Erano i risultati di certi esperimenti, che in apparenza dimostravano come la maggioranza dei cosiddetti scienziati e ricercatori si dedichi a studi privi di qualsiasi utilità pratica, giusto per confermare che vale la pena continuare a pagar loro uno stipendio. Ma per te, quelle fotografie significavano molto di più.

Avevano somministrato Lsd ai primi ragni, i quali si erano poi dedicati a tessere tele perfettamente geometriche. I secondi, invece, erano sotto l'influsso della mescalina. E le loro tele risultavano caotiche, illogiche, assolutamente prive di senso. Dunque, il ragno non viene minimamente influenzato dagli allucinogeni, ma impazzisce se qualcosa gli spalanca i limiti della percezione. La conoscenza fa impazzire il ragno.

Ne sei rimasto folgorato, Jim. Hai convinto Phil a saltare sulla sgangherata Chevrolet rossa, senza la prima e la retromarcia, e siete partiti per il deserto.

"Se le porte della percezione si aprono, tutto apparirà all'uomo nella sua realtà assoluta: l'infinito."

Intuivi in quella frase di William Blake la chiave per liberare il demone, l'inizio del sentiero da percorrere. Il sentiero che attraverso l'eccesso conduce al palazzo della saggezza. Ma sapevi anche che era troppo lungo, e tu avevi poco tempo.

Sole sole sole, brucia brucia brucia... Presto presto presto... Sono il Re Lucertola, posso fare tutto. Posso fare in modo che la terra smetta di girare... Ma la terra non riusciamo a sfiorarla, il sole non si vede. Non ci resta che correre, correre, correre, correre, correre...

Il peyote è l'ultimo mistero insoluto. L'unico scampato al saccheggio.

Autorevoli uomini in camice bianco dicono di avere isolato otto alcaloidi, oltre alla mescalina. Altri ammettono che nel piccolo cactus messicano ce ne sarebbero almeno una trentina, impossibili da identificare. E la mescalina, da sola, produce effetti completamente diversi. Soltanto uniti nella carne del peyote, gli elementi conosciuti e sconosciuti dischiudono i confini della percezione. Ma non è affatto un procedimento automatico. Perché il peyote è come il Messico: o ti afferra e ti possiede, o ti respinge violentemente.

I laboratori non ne sono venuti a capo. Il peyote non dà assuefazione o dipendenza, non provoca alterazioni psichiche, non è un allucinogeno. Anzi, i dottori della scienza occidentale nei loro libri scrivono di non aver capito bene neppure che cosa accidente provochi, l'ingerimento di peyote. Così come nessuno è mai riuscito a coltivarlo, pertanto è immune da traffici e commerci. Neppure si spiega perché certe etnie del Nord, tra il Dakota e il Canada, conoscano il rito del peyote vivendo migliaia di chilometri distanti dall'unica zona al mondo dove cresca. Tutto questo, Jim, era abbastanza per far scattare il tuo arco teso.

Dici di aver trovato indiani, non ricordi se huicholes o yaqui, riuniti attorno al fuoco per la cerimonia. E ti hanno dato un arco e una freccia: se eri pronto al viaggio nella percezione, la freccia avrebbe lasciato la tua mano per conficcarsi nella carne di un peyote. Hai raccontato di esserci riuscito. Comunque, il tuo viaggio era iniziato da tempo, non avevi bisogno di dimostrare d'essere pronto.

Non ricordi quanti peyote hai masticato. Non importa. Gli indios sanno da sempre che non può dipendere dalla quantità. E non hai capito quando sia cominciato, e nemmeno *cosa*. Hai solo sentito l'energia senza limiti, la possibilità di vagare per giorni e notti nel deserto dimenticando la stanchezza. E hai provato la sorpresa, dopo, di non avere consumato nulla. Perché conoscevi la forza dell'amfetamina e della coca, e come ti lascino svuotato quando si dissolvono. Era questo, il grande mistero del peyote: non usava la tua energia, ma la *sua*. Ti nutre, e ti lascia esattamente come eri nel momento in cui lo hai incontrato. E dopo, neppure tu hai saputo spiegare con le parole quella sensazione di "poter toccare la pelle della Terra". Di sentire camminare le formiche. Di scambiare un'occhiata con un falco. Di penetrare dentro i colori e i suoni del deserto. Ma le porte della percezione possono far impazzire il ragno. Quel giorno hai capito fino in fondo ciò che già sentivi con l'istinto. Hai capito la differenza tra quegli universi seduti in cerchio, intenti a comunicare e a trasmettere conoscenza l'uno all'altro, e *noi*. Noi, esclusi da tutto questo, negativi e distruttivi, che non cerchiamo percezione, ma vogliamo soltanto soffocare il dolore che ci contorce le viscere, in solitudine, senza niente da comunicare che non sia angoscia e alienazione. E hai accettato di esserne escluso. Hai accettato di appartenere alle metropoli, di scorrere nelle vene di quest'Occidente alcolizzato, barbiturico, oppiaceo, disperato, vene come cloache, arterie percorse da fanghiglia sanguinolenta, perché a questo appartenevi e a tutto questo sentivi il bisogno insopprimibile di appiccare il fuoco. Distruggere, devastare, strappare il cuore ai padri e scavare nel ventre delle madri, scatenare l'Apocalisse perché solo il caos può farci tornare indietro, solo dalle macerie sarà possibile ricominciare. *Le nuove creature*. Il tuo libro di poesie che non avresti urlato, silenziose immagini di saccheggi, assassinii, linciaggi, terremoti, sommosse, gente che danza su ossa frantumate...

La sensibilità uccide, Jim. Sentire il dolore che pulsa, conoscere lo sguardo di chi è morto dentro, aprire nuove porte e affacciarsi sull'angoscia infinita, Jim, significa distruggersi più in fretta. La corsa verso la conoscenza, è la corsa verso la fine.

Questa è la fine, affascinante amica. Questa è la fine, mia unica amica, la fine...

Eri attratto dal vuoto. Lo sfidavi a risucchiarti, lo sfioravi, lo accarezzavi. Ti chiedevi quale fosse il punto esatto in cui finisce un cornicione e comincia il Nulla.

Quanti anni avevi, quella volta che ti sei messo a camminare sulla ringhiera del ponte, larga meno delle tue suole, con sotto l'autostrada? E allo zoo di Washington, sull'inferriata del fossato? Camminare sul vuoto sarebbe diventato per te un bisogno pari soltanto all'alcol e al sentirsi libero dai vestiti, che erano più opprimenti di qualsiasi altra cosa. Quella notte, al campus, hai messo le tre cose insieme: ubriaco e nudo, in equilibrio sul parapetto della torre.

Eppure non era una prova, non aveva niente da spartire col vincere la paura o dimostrare qualcosa a qualcuno. Il difficile era riuscire a spiegarlo. Ma neanche ci provai. Tu *sapevi* che non potevi cadere, tutto qui. E ti aiutava a diradare la nebbia, a schiarire la vista per continuare a martoriarti dentro, a scavare, a sciogliere il nodo. Quando vivevi con Ray, John e Robby all'Henry Hudson Hotel, ogni tanto uscivi dalla finestra e, semplicemente, te ne restavi attaccato al davanzale, penzolando una mezz'ora nel vuoto. Era solo un bisogno, nient'altro.

Però ti eri divertito, a farlo con Nico. Non riuscivi neppure a capire che età potesse avere, Nico. E la sentivi ambigua, sfuggente, imprevedibile. Ma sapeva attrarre come un centro di energia oscura. Andy Warhol ti stava sulle palle, e provavi fastidio al pensiero che lei avesse qualcosa da spartire con lui. Ma era irresistibile. Beveva almeno quanto te. E ingurgitava tutto quello che ti vedeva ficcare in bocca, senza neanche chiedere cosa fosse. A un certo punto siete finiti sul pavimento, a cercare rimasugli di hashish fra le mattonelle, e dopo un po' le sue grida echeggiavano nel cortile di quell'assurdo "castello", la casa di Philip, perché l'avevi presa per i capelli e la trascinavi chissà dove. Poi è riuscita a divincolarsi, e tu sei salito in cima, sul parapetto, e ti sei spogliato. Nico ti ha raggiunto, e vi siete messi a passeggiare sul Vuoto, tranquilli come su un sentiero del giardino. Visti dagli altri, che stavano sotto, eravate uno spettacolo. C'era una luna piena e gonfia, una palla di latte e vodka luminosissima. Più tardi, Nico avrebbe detto che eri completamente pazzo. Ti adorava, Nico. E con te, sul parapetto del castello, non poteva cadere. E se anche fosse caduta, c'è da scommettere che non si sarebbe fatta niente. Invece poi si è ammazzata cadendo da una bicicletta. Sì, Jim, tu non c'eri più, ma è finita proprio così. Perché avevi ragione tu: la morte, finché la cerchi, ti prende maledettamente sul serio. È quando la lasci perdere, quando ti rilassi, che si diverte a pigliarti in giro.

Ma certo non era per scherzare con la morte, che ti lanciavi dal palco sulle teste della gente. Quel tuffo a San Francisco, dopo esserti dondolato per un po' sull'orlo, tutti l'hanno preso per un incidente. E rimasero mezzi sconvolti, anche perché ti sei rialzato come se non fosse successo nulla.

Quella volta del Sunset Boulevard, invece, credo che tu l'abbia fatto proprio per lasciare gli altri di merda, visto che non volevano saperne di darti retta. Eravate al diciassettesimo piano, e dovevate girare una scena per il tuo nuovo film. Una storia strana, con te che vagavi nel deserto, con il barbone che tutti volevano farti tagliare perché secondo loro rovinava la tua immagine di sempre, e facevi l'autostop verso Los Angeles, per poi ammazzare il primo che ti dava un passaggio. A te piaceva così, quel film, e che gli altri trovassero sempre da ridire ti faceva incazzare: perché perdevi tempo, e di tempo ne avevi pochissimo. Dunque, la scena da girare al diciassettesimo piano l'hai spiegata in questo modo: con una corda attorno alla vita, che nelle riprese ovviamente non si doveva vedere, avresti danzato sul cornicione largo meno di mezzo metro. Leon ha commesso l'errore di chiederti se stessi scherzando, e gli altri hanno cominciato a tergiversare. Probabilmente avevano tempo da perdere. Tu hai scavalcato la finestra, senza alcuna corda, e ti sei messo a ballare sul cornicione, urlando che si sbrigassero a filmare. Finita la ripresa, hai pisciato sul Sunset, e ridevi, seguendo il getto di piscio che si perdeva nel fiume di auto.

Pamela aveva grandi occhi di lavanda. Trasmetteva una sensazione di evanescenza, sfiorava le cose e scivolava di lato, silenziosa e vulnerabile. Ma tu avvertivi in lei la forza di chi non pretende di cambiare gli altri, e invece ne rispetta l'essenza e la molteplicità dell'insieme. Era la tua vestale, la depositaria della tua poesia. E non ti amava per come apparivi al mondo, perché aveva scelto in te il poeta e avversava l'animale rabbioso che esplodeva appena si accendevano le luci sul palco. Preferiva la tua voce che per notti interminabili vagava tra miti greci e riti dionisiaci, e sembrava immune alla tua musica, alle tue grida di dolore aggrappato a un microfono. E a volte la odiavi, per quel suo restare sempre a un metro da tutto, avvolta in un velo di lontananza.

Le tue dita sottili come minareti parlano una lingua segreta. Lasciami dormire nella tua anima. Se mi caccerai via, io morirò...

Sapevi essere crudele con Pamela, la martoriavi e la torturavi come facevi con te stesso, perché aveva la colpa di essersi avvicinata troppo al tuo abisso. A volte ti affrontava, più spesso ti sfuggiva, e ti era impossibile afferrarla e plasmarla come riuscivi a fare con tanti altri. Anche per questo, prima o poi, tornavi sempre da Pamela.

Solo per lei dicevi *compagna cosmica*. Pamela evitava il sole, si riparava dal mondo coprendosi d'ombra. Pamela era sempre in cerca di qualcosa che non avrebbe mai trovato. E anestetizzava il suo cuore con l'eroina. Temeva che tu te ne accorgessi, e per molto tempo è riuscita a nasconderti l'abbraccio caldo del suo fantasma oppiaceo. Quando l'hai capito, eri ormai troppo vicino alla soglia dell'ultima porta, per tornare indietro a prenderla per mano.

Memorabile, la festa a casa di John Davidson. E che sbornia, con Janis. Qualcuno, guardandovi ridere e urlare, sorreggendovi a vicenda, vi ha indicato agli altri come "il signor e la signora Rock & Roll". Del resto, ogni festa dove arrivavi tu diventava indimenticabile. C'era da divertirsi fino a svenire, con te. Ma prima o poi ti scoppiava dentro il bisogno istintivo di rovinare tutto. A un certo punto hai preso Janis per i capelli, e hai un po' esagerato, perché alla fine lei si è messa a piangere. Non che le piacesse fare la vittima, anzi. Quando ti hanno trascinato verso un altro locale, Janis ti ha rincorso con una bottiglia di Southern Comfort che poi ti ha rotto in testa, dentro l'auto. Tu, Jim, continuavi a ridere. Eravate a New York, e ti stavi guadagnando il titolo di membro onorario dell'associazione Alcolisti Mitici. Appena entrati allo Scene sei inciampato in un tavolo, rovesciando una cascata di gin tonic sulle gambe di Janis. Quella sera c'era Jimi sul palco. Ci sei salito anche tu, cadendo in ginocchio e abbracciandogli le cosce. Poi avete improvvisato qualcosa insieme, tutti e tre, e la gente lì sotto è diventata un mare di lava vibrante.

Eri a Miami, seduto sul banco degli accusati, davanti a una giuria di casalinghe e frustrati, quando ti hanno passato il giornale che diceva: "Jimi Hendrix è morto".

Una settimana dopo sei tornato a Los Angeles, e hai saputo che Janis Joplin aveva seguito Jimi. Quella sera, bevendo con gli amici in un locale, hai detto: "State brindando con il Numero Tre". E quando sei tornato nella stanza d'albergo sul Sunset Strip, hai scavalcato la ringhiera del balcone e sei scivolato nel Vuoto, restando appeso con le mani al bordo. Babe ha guardato giù, e ha visto un mucchio di imbecilli che indicava te. C'era anche il direttore dell'albergo, e dopo un po' sono arrivati pure lo sceriffo e i suoi aiutanti. Non ti hanno arrestato, ma solo cambiato stanza. Dava sul cortile interno. Così, se volevi sfracellarti, l'avresti fatto senza pubblico.

Non è più tempo di esitare. Basta, sguazzare nel fango. Proviamoci, alla peggio perderemo, e il nostro amore diventerà un rogo funebre. Dài, baby, accendi il mio fuoco. Prova a incendiare la notte. Incendia la notte!
Dicevi che bisognava arrivare sempre all'estremo di tutto. Che volevi essere libero di provare ogni cosa, e che speravi di sperimentare tutto almeno una volta nella vita. La tua violenza, in realtà, era assolutamente priva di arroganza. Eri capace di crudeltà, sì, ma non di arroganza. Per non ferire gli altri, devastavi te stesso. Distruggevi il tuo corpo e quello che c'era intorno.

Quella volta che negli studi Sunset Sound dovevate registrare *The End*, sei entrato e hai detto: "Edipo, assassino di suo padre, marito di sua madre, risolutore dell'enigma della Sfinge".

Gli altri non ci hanno badato troppo, e hanno ripreso a manovrare cursori e a fare prove del suono. Ti sei sdraiato sul pavimento, accanto alla batteria, e hai preso a cantilenare: "Uccidi il padre, fotti la madre, uccidi il padre...".

Dopo un po', dalla sala controllo hanno dato l'okay. E tu continuavi a ripetere il tuo mantra ossessivo. Paul, da dietro il vetro, ha tentato di farti smettere.

"Uccidi il padre... fotti la madre... uccidi il padre... fotti la madre..."

Paul cominciava a perdere la pazienza. Ti ha chiamato più forte, ti ha urlato qualcosa. Allora ti sei alzato, lentamente, e hai gettato uno sguardo attorno come se fossi atterrato su un altro pianeta. Che ci facevi, lì? Che accidente avevi da spartire con tutto quello che stava accadendo in quel momento? Cosa voleva, da te, quell'imbecille dietro il vetro... Dov'era lui, mentre il fuoco ti consumava il ventre, e nulla, assolutamente nulla bruciava nella notte... Nessuno sentiva quello che stavi sentendo.

Hai afferrato un televisore che ti eri portato, chissà perché, e lo hai scaraventato contro il vetro. È rimbalzato, esplodendo sul pavimento.

Sei uscito. Ti sono corsi dietro. Ti hanno messo in macchina, pensando che un giro nel traffico avrebbe sciolto il nodo nelle budella. Dopo qualche chilometro hai spalancato lo sportello, dicendo: "Devo tornare in studio". Sei saltato fuori, ti sei messo a correre.

La terra non si sente... il sole non si vede... Non ci resta che correre... correre... correre...

Il cancello era alto due metri e mezzo. Sei volato dall'altra parte senza neppure vederlo. Entrando negli studi, hai preso a toglierti le scarpe, la camicia, i jeans.

"Fotti la madre... uccidi il padre... fotti la madre... uccidi il padre..." Nudo, mormorando la tua nenia disperata, hai lanciato un portacenere colmo di sabbia, hai spaccato tutto quello che trovavi, hai tolto un estintore dal muro e hai riempito di schiuma gli strumenti e il quadro comandi.

Era l'unica, estrema difesa che avevi per bloccare l'ingranaggio. La macchina si era messa in movimento, co minciava a stritolarti, e tu potevi fare solo una cosa: scardinarla con la distruzione della tua immagine. Tutti volevano Jim Morrison la rockstar, gli impresari diventavano asfissianti per obbligarti a produrre, il pubblico vedeva in te soltanto l'idolo erotico, e non ti bastava più sputare su quella massa di infatuati, che non capivano ma volevano soprattutto stordirsi e venerare qualcuno. Tu e Ray avevate creato i Doors come un'armonica fusione di teatro, poesia e musica sperimentale. Ma l'ingranaggio stava inghiottendo ogni gesto e ogni parola, digeriva qualsiasi cosa tu facessi, e defecava dollari nelle tasche dei produttori. Dei Doors sembrava non fregasse niente a nessuno. Era la tua faccia che volevano in copertina. Era la tua anima che stavano succhiando.

Cominciavano a farti schifo tutti, e lo dimostravi nell'unico modo possibile: ubriacandoti fino a perdere qualsiasi controllo, in modo che né a te né a loro fosse possibile imbrigliare il demone.

L'8 dicembre del '69 era il tuo ventiseiesimo compleanno. Ti hanno invitato in quella casa di Manhattan Beach, dove la gente chiacchierava di niente e ognuno, a modo suo, fingeva di amarti smisuratamente. Alla fine hai ringraziato per la bellissima festa, hai fatto un inchino, ti sei scolato quel che era rimasto dell'ultima bottiglia di brandy. E hai abbassato la cerniera, per poi pisciare a litri sul tappeto.

La volta che sei tornato da Londra e hai trovato il contratto con la Buick già firmato, hai preso Holzman per il collo e gli hai detto di non farlo mai più. *Come on Buick light my fire...* Una tua poesia ridotta a un jingle per spot commerciali. Non volevi danneggiare gli altri facendo un finimondo legale, ma forse fu anche per questo che hai scatenato il disastro di Miami. Quando sono cominciate a piovere le denunce e le disdette dei concerti, hai mormorato sghignazzando: "Adesso vediamo se la Buick usa ancora la mia *Light my fire*".

Più tardi, quando tutti ti scongiuravano di non provocare altre denunce, per un po' li hai assecondati. Ma sentivi che il mondo ti stava lentamente assorbendo, assimilando, rendendoti una rockstar qualsiasi, che serve perfettamente allo scopo: far sfogare per qualche ora la violenza repressa, contenendo i danni. Così, a Boston, sei andato avanti fino alle due del mattino, costringendo il direttore della sala a staccare la luce. Nessuno è riuscito a spiegarsi perché il tuo microfono fosse rimasto attivato. E perciò tutti hanno potuto udire la tua voce che diceva: "Pompinari". Ray ti ha trascinato via, tappandoti la bocca. Quando sei riuscito a liberarti, hai raggiunto di nuovo il palco per urlare con tutto il fiato:

"Se li lasciamo fare, quelli vinceranno!".

Ma stavi gridando soprattutto a te stesso. Se li lasciavi fare, ti avrebbero vinto. Avrebbero affondato le loro zampe nella tua anima, avrebbero soffocato il demone. Ti avrebbero omologato, incasellato, circoscritto nel recinto della ribellione sotto controllo.

Comunque, a Boston hai ottenuto che venissero immediatamente cancellati tutti i concerti in programma. I Doors erano tornati in cima alla lista nera.

Oggi, Jim, le rockstar hanno viscere di plastica e cuore di gomma. Corrono anche loro, certo, ma per mettersi in fila ogni volta che viene richiesta un'abiura, una condanna, un'esortazione a stare calmi e a seguire il sentiero. Cantano in coro per gli assassini con l'elmetto, recitano annunci contro la disperazione che non conoscono, declamano il pubblico rifiuto di quello che usano al chiuso delle loro villette, perché l'angoscia è diventata una colpa. Sono tutti pentiti di ciò che non sono mai stati. I pochi che non accettano l'infamia della complicità lo manifestano con il silenzio, scegliendo l'assenza. E quando vomitano, lo fanno di nascosto.

Anche a te, una volta, hanno chiesto di registrare una dichiarazione contro la droga. Allora, in America, ce l'avevano con l'amfetamina. Neanche a te piaceva. La conoscevi bene, e sapevi che con quella roba nel cervello la gente smette di percepire. Ma erano fatti che non riguardavano loro, quelli che volevano salvare le vite dalla droga solo per bruciarle meglio nel fango di una giungla, con un fucile in mano e il vuoto dentro. Però, quando te l'hanno proposto, hai detto sì. E gli altri sono rimasti impietriti. Hanno pensato che Jim stesse davvero cambiando.

Il tipo ti ha detto quale frase dovessi recitare, e ha acceso il registratore, felice di averti coinvolto nella grande campagna in difesa della vita.

"Ciao, sono Jim Morrison dei Doors. Volevo solo dirvi

che spararsi lo speed in vena non è granché. È molto meglio sniffarlo."

L'ha presa male. Ma ha pensato che avessi un po' voglia di scherzare. Glielo hai lasciato credere. Ha riacceso il registratore.

"Ciao, sono Jim Morrison dei Doors, e volevo dirvi soltanto una cosa... Non prendete lo speed. Lo speed uccide. Provate i tranquillanti. Sì, i barbiturici, i sonniferi. Costano meno, e li trovate dappertutto, e..."

Ne hai registrate una dozzina, convincendo ogni volta il tipo che la prossima sarebbe stata quella seria. Lo hai fatto uscire di testa. Ha perso un'intera giornata del suo prezioso tempo per registrare una dopo l'altra le tue prese in giro. Se n'è andato fra le risate di tutti, e qualcuno si rotolava sul pavimento per aver visto quello stupido registrare tante stronzate, senza rendersi conto che lo avevi fatto venire fin lì soltanto per coprirlo di ridicolo.

Nessuno ha mai più proposto a Jim Morrison dei Doors uno spot contro o a favore di qualcosa.

Che diavolo te ne facevi di una Shelby GT Cobra? Credo l'avessi comprata solo perché aveva un aspetto rabbioso, dava un'idea di schizzare via veloce, ed era lì, disponibile, senza perdere tempo a ordinarne un'altra. Del resto, le macchine sembravano servirti soltanto a sbattere contro qualcosa. Non so se quella l'hai finita di distruggere contro gli alberi del Sunset Boulevard o contro i muri delle case dove ti capitava di dormire. A differenza delle macchine, di case non ne hai comprate mai. Usavi quelle che ti trovavi attorno quando arrivava il crollo, quando si spegneva la luce dentro.

La velocità ti attirava quasi quanto il Vuoto, ma non era per te una passione vera e propria. L'auto restava solo un mezzo per fuggire, ogni volta che la realtà diventava così opprimente da non lasciare altra alternativa che la fuga. Al pari del Vuoto, con la velocità non riuscivi mai a farti male. Guidavi contromano sulle highway, sbucavi dalle laterali come un proiettile cieco, ma neanche questo lo facevi per sfida o per dimostrare qualcosa. Perché, in genere, eri troppo ubriaco per rendertene conto. Una notte ti hanno trovato schiantato contro l'ennesimo albero, svenuto sul sedile dell'ammasso di lamiere accartocciate che prima chiamavi Blue Lady, ma senza un graffio. Ti hanno portato nella tua stanza d'albergo, e dopo un po' è arrivata quella cameriera del Troubador, che per essere saltata fuori quando avevi cominciato a guidare contromano, adesso si sentiva responsabile dell'incidente. Ti sei messo a piangere. Hai detto: "Non voglio fare del male a nessuno". E hai continuato a ripeterlo non so quante volte, mentre lei ti accarezzava e non capiva.

Non te l'aspettavi proprio, che a Città del Messico succedesse una cosa simile. Non ci tornavi dai tempi del peyote, lontani anni luce, anche se era trascorsa soltanto una manciata di anni. I Doors non avevano mai fatto un concerto in Messico, e tu non immaginavi che i tuoi versi fossero conosciuti a memoria da decine di migliaia di ragazzi. Sei rimasto sconvolto, trovando tanta gente all'aeroporto. All'inizio, per la barba, non ti hanno riconosciuto. Ma poi si è scatenato il finimondo.

Il governo messicano temeva la musica dei Doors e le tue parole almeno quanto l'Fbi e i proprietari di sale degli States. Per paura di una sommossa incontrollabile, avevano negato i permessi del concerto nella Plaza de Toros. Perché si erano accorti che avresti messo insieme cinquantamila giovani. E hai scoperto che gli adolescenti messicani prendevano fin troppo alla lettera l'energia eversiva del rock, mettendo a ferro e fuoco interi quartieri dopo concerti molto meno *pericolosi* dei tuoi. E la *tira*, come chiamano laggiù gli sbirri, si presentava ai concerti convinta di dover affrontare una rivolta armata. Ce n'era abbastanza per farti riaffluire nelle vene la forza che non provavi più da qualche tempo.

E pensare che gli altri, proprio in quei giorni, erano paralizzati dai presagi. Non era la prima volta, che qualcuno preannunciava la tua morte. Ma Leon e Alan, prima di partire per il Messico, chissà perché si erano convinti che per te fosse davvero vicina la fine. E avevano trasmesso la paura anche a Bill, abituato a sentire qualcuno che ogni tanto annunciava la tua morte. Non te l'hanno mai raccontato, e arrivando in Messico tu eri l'unico che sembrava tranquillo, contrariamente al solito.

Alla fine, avevano dato il permesso per quattro serate al Forum, un locale non molto grande, che si sarebbe poi riempito ogni notte fino al soffitto. Quando hai attaccato *The End*, hai pensato che crollassero i muri. *Father? Yes, son...* E migliaia di gole eruttavano all'unisono *I want to kiiiiill you!*

Avevi a disposizione una Cadillac bianca e nera, con un autista che fin dal primo istante è entrato in perfetta sintonia con te. Guidava a centosessanta sulle *calzadas* a otto corsie che attraversano quella metropoli infinita, mentre tu gridavi "Andale, andale!" sporgendoti fuori dal finestrino e respirando anidride solforosa e polvere, quella polvere finalmente ritrovata.

"Mi piace guardare la storia del rock'n'roll come l'origine della tragedia greca, che cominciò su un'aia nelle stagioni cruciali, e all'inizio era solo un gruppo di fedeli che ballavano e cantavano... Poi, un giorno, un indemoniato balzò fuori dalla folla, e prese a imitare un dio..."

Ma il tuo demone ormai era stanco, Jim.

L'ultimo 8 dicembre avevi registrato per quattro ore, senza sosta, la tua estrema invocazione.

Nessuna eternità potrà farci dimenticare di aver sprecato l'alba... Smarrito nella notte senza speranza, oltre il confine non ci sono stelle... La morte non mette fine a tutto questo, è solo l'inizio del viaggio nell'incubo... Aggrappati alla vita, aspettiamo che la passione fiorisca... Ho sfiorato la sua coscia, e la morte ha sorriso...

La tua voce si è spenta pochi giorni dopo, a New Orleans. Tutta la tua forza, tutte le energie, si sono smarrite su quel palco. Ti sei aggrappato al microfono tentando disperatamente di trattenere la vita. Ma stava scivolando via, per sempre. E non riuscivi a rassegnarti. Hai afferrato l'asta e l'hai sbattuta tante volte finché non si è frantumato il legno del pavimento. L'hai scagliata lontano, sei crollato ai piedi della batteria, e l'ultimo concerto dei Doors è finito lì, nella polvere di un palcoscenico a New Orleans.

"Bere è anche un modo per sostenere il peso del vivere in un ambiente troppo affollato. Per alcuni, è solo il risultato della noia. So che molta gente beve perché si annoia. Ma a me, bere piace... Altri, si danno ai narcotici. E comunque, anche l'alcol può essere un narcotico. Invece di tentare di pensare di più, tenti di uccidere il pensiero. Qualcuno lo fa con l'alcol, qualcuno con l'eroina, e molti con i tranquillanti. Sono i killer del dolore. Uccidono la sensibilità. E, con essa, il dolore."

Dovevi fuggire. Sentivi che l'alcol non serviva più a spezzare le catene, a liberare il demone. Avevi cominciato anche tu a usarlo per uccidere il dolore. Ed eri stanco di correre, ma non potevi fermarti.

"Sono così stufo di tutto... La gente continua a considerarmi una rockstar, e io non voglio avere più niente a che fare con tutto questo. Non lo sopporto più. E poi... la gente, cosa crede che sia, Jim Morrison?"

Andare in esilio, lontano da chiunque ti conoscesse. Girare per strada senza incrociare sguardi. Mettere un oceano tra te e loro.

Parigi era appartenuta a Rimbaud, che a diciannove anni aveva già scritto tutto quel che c'era da scrivere. E a Baudelaire. E a Céline. Ai cantori della stessa maledizione che ti portavi addosso, dentro, intorno. Per un attimo, hai sentito riavvampare la passione. Ti sei illuso che laggiù saresti potuto tornare a essere soltanto te stesso.

E a Pamela, quell'idea sembrò ridarle vita.

Hai dedicato quei giorni a camminare avanti e indietro per le strade di Hollywood, trascinando il tuo corpo appesantito, il volto coperto di capelli e barba, la vecchia giacca militare e i jeans sporchi e sdruciti, imprimendoti negli occhi quegli spazi rarefatti, la città delle false meraviglie che stavi per abbandonare. Finché, un mattino, sei uscito dall'appartamento di Norton Avenue chiudendoti la porta alle spalle, per non tornare mai più indietro.

"Mi vedo come una stella cadente... Gli altri si fermano, guardano in alto, indicano col dito, trattengono il respiro...

Ma io non ci sono già più. Sono passato e scomparso con la rapidità di una meteora."

All'inizio, la fuga a Parigi ti ha dato tutto quello che immaginavi dovesse darti: il silenzio, il tempo per scrivere poesie, lo spazio per sognare nuovi progetti. Un breve respiro di pace nel caos del dolore. Ripercorrevi il passato rovistando nelle scatole colme di fogli sparsi, lettere, fotografie, ritagli di giornale. Lunghi vagabondaggi in solitudine. Finché hai cominciato a passare dall'Hôtel de Lauzun come per un mesto pellegrinaggio: il Club dell'Hashish, Baudelaire e Gautier, la maledizione di una sensibilità dolorosa e il bisogno insopprimibile della distruzione.

Hai ripreso a farlo sistematicamente, in maniera costante e progressiva. All'alcol hai aggiunto l'incessante fumo di sigarette che consumavi con avidità, quasi volessi togliere alla tua voce qualsiasi speranza di tornare a cantare. Le succhiavi con forza, aspiravi il fumo così profondamente da dare l'impressione di volerti bruciare i polmoni, e usavi l'ultimo rimasuglio di brace per accendere la successiva.

I tuoi passi ogni giorno più stanchi ti portavano spesso al Père Lachaise, in cerca delle tombe di Oscar Wilde, di Chopin, di Edith Piaf. I cimiteri ti avevano sempre affascinato. Molti anni prima avevi passato un'intera notte in quello di Hollywood, correndo a perdifiato fra le lapidi finché non avevi trovato la tomba di Rodolfo Valentino. Per qualche giorno ti sei anche trasferito nell'albergo dove Oscar Wilde aveva vissuto i suoi ultimi anni, inseguendo il suo fantasma attraverso quelle venticinque stanze arredate in modo assurdo. Una notte ti sei lanciato nel vuoto, da una finestra del secondo piano. Hai ammaccato il tetto di un'auto, ti sei tolto la polvere di dosso, e sei andato in cerca di un locale aperto dove continuare a bere, senza esserti fatto un solo graffio.

Hai scoperto il Circus, che un tempo ricordava un po' il Whiskey di Los Angeles, dove era cominciato tutto quello che adesso non sopportavi più. Al Circus avevano suonato i Led Zeppelin, i Beach Boys, e anche Richie Havens. Ma quando l'hai trovato tu era ormai un locale pieno di disperati: prostitute, eroinomani, spacciatori, ladruncoli. Qualcuno lo chiamava "il night degli scimmiati". Era sordido, fumoso, sporco. Era frequentato da chi non faceva nulla per nascondere il dolore. Era esattamente ciò che stavi cercando.

"La gente fa di tutto per dissimulare, nascondere, reprimere il proprio dolore interiore, perché se ne vergogna. Ma la sofferenza è un sentimento. E come tale, fa parte dell'essere umano: nascondere e reprimere i sentimenti significa consentire alla società e al potere di stravolgere e annullare la realtà individuale..."

Avevi ripreso a nutrirti di disperazione. Avevi accettato l'unica soluzione possibile. Un tempo credevi che il mondo potesse essere cambiato. Ma, a poco a poco, ti sei reso conto che il mondo stava cambiando te. Allora hai deciso di difenderti con la sola arma che ti rimaneva: distruggere te stesso, per non permettere a niente e a nessuno di cambiarti.

Hai ripreso la corsa con un'accelerazione bruciante. Una notte hai cominciato a sfasciare tutto anche al Circus, sventrando cuscini e scalciando contro i mobili. Sono riusciti a trascinarti fuori, e ti hanno scaraventato in mezzo al vicolo, sull'asfalto viscido di pioggia. Poco prima dell'alba, nella bruma che si alzava dalla Senna, hai riconosciuto le divise di quelle due figure che avanzavano come spettri di una città morta. Hai urlato: "Maiali fottuti!". Ma i due poliziotti non si sono neppure fermati.

Una delle ultime volte che hai pranzato con qualcuno dei nuovi amici che ti avevano riconosciuto e si erano messi in testa di aiutarti, hai preso a insultare degli uomini d'affari che mangiavano a un tavolo vicino. Erano rivoltanti, chiusi nelle loro uniformi da persone rispettabili, con quelle maniere asettiche e sicure, i gesti di chi è abituato a dare ordini. Erano l'emblema della violenza, quella vera, quella che uccide l'anima e incatena il cuore. Ti sei messo a urlare con tutto il fiato che ti rimaneva dentro. "Sembrate solo stupidi... Ma ditemi: fino a che punto riuscite a essere figli di puttana? Come fate, a essere così carogne... Ditemelo!"

Hanno distolto lo sguardo, affidando ai camerieri il compito di cacciarti via. Appartenevano alla razza di quelli che non si sporcano mai le mani. Gli invulnerabili. I vincenti.

"Volevo trovare i confini della Realtà. Ero curioso di vedere cosa sarebbe successo... E la morte... la morte è un fatto naturale. Credo che sia amica dell'uomo, perché mette fine a quel grande dolore che è la vita."

C'è stata quell'estrema frustata di rabbia. Hai tentato disperatamente di scrivere, ti sei obbligato a trascorrere giorni e notti su quei fogli inerti. Hai passato ore davanti allo specchio, cercando nei tuoi occhi una risposta impossibile. Poi, rileggendo il poco che avevi scritto, hai capito che era davvero finita.

Una strana calma è scesa sul tuo corpo devastato. La coscienza nitida di essere sulla soglia dell'ultima porta. La terra si avvicinava inesorabilmente alla punta della freccia.

Hai mandato un telegramma a Dolger, il tuo editore, pregandolo di sostituire la foto sulla copertina del libro. Volevi che ne pubblicasse una in cui avevi la barba, perché fosse quello il volto di James Douglas Morrison che i lettori delle tue poesie si sarebbero impressi nella memoria.

Hai accompagnato Pamela a casa, dicendo che saresti andato al cinema.

Nessuno sa con certezza come sia successo. Forse, non è sicuro neppure il dove. Pamela non ti è sopravvissuta di molto, e se mai avesse avuto un segreto da celare, lo ha portato con sé, nel silenzio. Non ha alcuna importanza, perché avevi comunque deciso di passare oltre la porta, lasciandoti alle spalle il Muro.

Quando la musica finisce, spegni le luci. La musica è la tua amica speciale. La musica è la tua unica amica. Fino alla fine... Cosa hanno fatto, alla terra... L'hanno devastata, lacerata con i pugnali, imbavagliata con steccati... Quando la musica finisce, spegni le luci...

Breve bibliografia

Grazie agli autori dei seguenti libri e articoli:

Eros Francescangeli, *Arditi del Popolo – Argo Secondari e la prima organizzazione antifascista (1917-1922)*, Odradek, Roma 2000.

Marco Rossi, *Argo Secondari di tendenza anarchica*, in "Rivista storica dell'anarchismo", 1, II, gennaio-giugno 1995.

Ennio Giunchi (a cura di), *Uomini e gesta della banda Corbari-Casadei*, Forlì 1945.

Eleonoro Dalmonte, *Corbari e la sua banda*, Faenza 1984.

Marta Rojas e Mirta Rodríguez Calderón (a cura di), *Tania la guerrigliera*, nella versione italiana curata da Adriana Chiaia, Edizioni Zambon – Libropress, Castelfranco Veneto 2000.

Friedrich Katz, *Pancho Villa*, Era, México DF 1998.

Enrique Krauze, *Francisco Villa*, serie Biografía del poder, Fondo de cultura económica, México DF 1996.

Blanche Petrich, *Cientos de miles, salvajamente explotados: Ferrer*, in "La Jornada", México DF, 10 aprile 2000.

Antonio Téllez, *La guerriglia urbana in Spagna – Sabaté*, Edizioni La Fiaccola, Ragusa 1972

E grazie anche all'Istituto Ferruccio Parri – Biblioteca Storia della Resistenza di Bologna, a Gabriella Dalla Ca', a Gilberto Veronesi e a Eros Francescangeli per il prezioso aiuto nella ricerca di notizie, fotografie e materiali.

Indice

Salvatore Natoli, *L'arte di meditare*. Parole della filosofia
Chiara Saraceno, *Coppie e famiglie*. Non è questione di natura
Giovanni De Luna, *La Resistenza perfetta*
Imre Kertész, *Liquidazione*
Banana Yoshimoto, *Il dolore, le ombre, la magia*
Stefano Benni, *Cari mostri*
Raquel Martos, *Alla fine andrà tutto bene* (e se non va
  bene... non è ancora la fine)
Alessandro Baricco, *La Sposa giovane*
Eva Cantarella, *Secondo natura*. La bisessualità nel mondo
  antico
J.G. Ballard, *Tutti i racconti*. Volume II. 1963-1968
Giorgio Candeloro, *Storia dell'Italia moderna*. Volume otta-
  vo. La Prima guerra mondiale, il dopoguerra, l'avvento
  del fascismo. 1914-1922
Catia Trevisani, *Fiori di Bach*. Per adulti e bambini
Gianfranco Damico, *Il codice segreto delle relazioni*. Usare
  il cervello per arrivare al cuore
Zeruya Shalev, *Quel che resta della vita*
Kris Verburgh, *La clessidra alimentare*. Dalla ricerca bio-
  medica più avanzata, il nuovo metodo per vivere più
  sani, più a lungo e più magri
Pino Cacucci, *Nessuno può portarti un fiore*
Piersandro Pallavicini, *Una commedia italiana*
Osho, *Il velo impalpabile*. Discorsi su *Il giardino cintato del-
  la verità* di Hakim Sanai
Saverio Tomasella, *L'amore non è mai per caso*. Riconosce-
  re e superare ciò che davvero ci impedisce di trovare la
  felicità in amore
William McIlvanney, *Il caso Tony Veitch*. Le indagini di
  Laidlaw
Karl Ove Knausgård, *Un uomo innamorato*
Pallavi Aiyar, *L'incredibile storia di Soia e Tofu*
Richard Sennett, *Lo straniero*
Henry Miller, *Riflessioni sulla morte di Mishima*
Emilio Minelli, Fabrizia Berera, *La rivincita degli emotivi*.
  Come non farsi dominare dagli stati d'animo negativi
Enrico Ianniello, *La vita prodigiosa di Isidoro Sifflotin*
Vassilis Vassilikos, *Z*. L'orgia del potere

Lawrence J. Cohen, *Gioca con me*. L'Educazione Giocosa: un nuovo, entusiasmante modo di essere genitori

Michel Foucault, *Il coraggio della verità*. Il governo di sé e degli altri II. Corso al Collège de France (1984)

Marcela Serrano, *Adorata nemica mia*

René Girard, *Miti d'origine*. Persecuzioni e ordine culturale. A cura di P. Antonello e G. Fornari

Marina Panatero, Tea Pecunia, *Giochiamo a rilassarci*. La meditazione per calmare i bambini e renderli più attenti e creativi

Osho, *Lo specchio del cuore*

Piero Gobetti, *Avanti nella lotta, amore mio!* Scritture 1918-1926. A cura di P. Di Paolo

José Saramago, *La caverna*

Erri De Luca, *Sulla traccia di Nives*

Simon Levis Sullam, *I carnefici italiani*. Scene dal genocidio degli ebrei, 1943-1945

Bärbel Wardetzki, *Pronto soccorso per l'anima offesa*. Reagire agli affronti con filosofia e senza risentimenti

Mauro Corona, *La casa dei sette ponti*

Sergio Rizzo, *Da qui all'eternità*. L'Italia dei privilegi a vita

Pino Cacucci, *Mahahual*

Alessandro Baricco, *Smith&Wesson*

Banana Yoshimoto, *Andromeda Heights*. Il Regno 1

'Ala al-Aswani, *Cairo Automobile Club*

Claudia Piñeiro, *La crepa*

Amos Oz, *Giuda*

Amos Oz, Fania Oz-Salzberger, *Gli ebrei e le parole*. Alle radici dell'identità ebraica

Giorgio Candeloro, *Storia dell'Italia moderna*. Volume undicesimo. La fondazione della Repubblica e la ricostruzione. 1945-1950

Charles Bukowski, *Il canto dei folli*. Nuova traduzione di S. Viciani

Paolo Rumiz, *Morimondo*

Franco e Andrea Antonello, *Sono graditi visi sorridenti*

Federico Rampini, *Rete padrona*. Amazon, Apple, Google & co. Il volto oscuro della rivoluzione digitale

Caroline Vermalle, *La felicità delle piccole cose*

Lawrence J. Cohen, *Gioca con me*. L'Educazione Giocosa: un nuovo, entusiasmante modo di essere genitori

Michel Foucault, *Il coraggio della verità*. Il governo di sé e degli altri II. Corso al Collège de France (1984)

Marcela Serrano, *Adorata nemica mia*

René Girard, *Miti d'origine*. Persecuzioni e ordine culturale. A cura di P. Antonello e G. Fornari

Marina Panatero, Tea Pecunia, *Giochiamo a rilassarci*. La meditazione per calmare i bambini e renderli più attenti e creativi

Osho, *Lo specchio del cuore*

Piero Gobetti, *Avanti nella lotta, amore mio!* Scritture 1918-1926. A cura di P. Di Paolo

José Saramago, *La caverna*

Erri De Luca, *Sulla traccia di Nives*

Simon Levis Sullam, *I carnefici italiani*. Scene dal genocidio degli ebrei, 1943-1945

Bärbel Wardetzki, *Pronto soccorso per l'anima offesa*. Reagire agli affronti con filosofia e senza risentimenti

Mauro Corona, *La casa dei sette ponti*

Sergio Rizzo, *Da qui all'eternità*. L'Italia dei privilegi a vita

Pino Cacucci, *Mahahual*

Alessandro Baricco, *Smith&Wesson*

Banana Yoshimoto, *Andromeda Heights*. Il Regno 1

'Ala al-Aswani, *Cairo Automobile Club*

Claudia Piñeiro, *La crepa*

Amos Oz, *Giuda*

Amos Oz, Fania Oz-Salzberger, *Gli ebrei e le parole*. Alle radici dell'identità ebraica

Giorgio Candeloro, *Storia dell'Italia moderna*. Volume undicesimo. La fondazione della Repubblica e la ricostruzione. 1945-1950

Charles Bukowski, *Il canto dei folli*. Nuova traduzione di S. Viciani

Paolo Rumiz, *Morimondo*

Franco e Andrea Antonello, *Sono graditi visi sorridenti*

Federico Rampini, *Rete padrona*. Amazon, Apple, Google & co. Il volto oscuro della rivoluzione digitale

Caroline Vermalle, *La felicità delle piccole cose*

Giovanni Floris, *Il confine di Bonetti*

Stanley Coren, *I cani sanno far di conto?* (Quasi) tutto ciò che il vostro cane vorrebbe farvi sapere

José Saramago, *Il viaggio dell'elefante*

Becky A. Bailey, *Facili da amare, difficili da educare*. Crescere i figli con autocontrollo e sensibilità

Michelle Cohen Corasanti, *Come il vento tra i mandorli*

Karl Ove Knausgård, *La morte del padre*

Antonio Tabucchi, *Per Isabel*. Un mandala

Ermanno Rea, *Napoli Ferrovia*

Gabriella Cella Al-Chamali, *Yoga-Ratna. Il gioiello dello yoga*

Carlo Ginzburg, *Il filo e le tracce*. Vero falso finto

Erri De Luca, *Il peso della farfalla*

Michael J. Sandel, *Quello che i soldi non possono comprare*. I limiti morali del mercato

Barbara Berckhan, *Piccolo manuale per imparare a fare e a ricevere critiche*

Kurt Vonnegut, *Perle ai porci* o Dio la benedica, Mr. Rosewater

Alejandro Jodorowsky, *Albina* o il popolo dei cani

Giovanni De Luna, *La Repubblica del dolore*. Le memorie di un'Italia divisa

Gian Antonio Stella, Sergio Rizzo, *Se muore il Sud*

J.G. Ballard, *Tutti i racconti*. Volume I. 1956-1962

Corrado Ruggeri, *Farfalle sul Mekong*. Con una nuova introduzione dell'autore

Rolf Sellin, *Le persone sensibili sanno dire no*. Affrontare le esigenze degli altri senza dimenticare se stessi

Charles Bukowski, *Il sole bacia i belli*. Interviste, incontri e insulti

Mathias Malzieu, *L'uomo delle nuvole*

Eveline Crone, *Nella testa degli adolescenti*. I nostri ragazzi spiegati attraverso lo studio del loro cervello

Michel Foucault, *Il governo di sé e degli altri*. Corso al Collège de France (1982-1983)

Eugenio Borgna, *La dignità ferita*

Imre Kertész, *Kaddish per il bambino non nato*

Alessandro Mari, *Gli alberi hanno il tuo nome*

José Saramago, *Le piccole memorie*

·

Made in the USA
Middletown, DE
01 July 2020

11243045R00116